suhrkamp taschenbuch 2359

Alle Generationen versammelt das Theaterstück von Peter Handke *Die Kunst des Fragens*, das ursprünglich unter dem Titel *Das Spiel vom Fragen oder Die Reise zum Sonoren Land* erschienen ist: ein altes Ehepaar, die mittlere Generation, vertreten durch den Mauerschauer und den Spielverderber, eine junge Schauspielerin und einen jungen Schauspieler sowie ein fast noch Kind, Parzival. Sie finden sich zusammen, um gemeinsam eine »Forschungsreise« anzutreten – eine im wahrsten Sinne des Wortes bisher ungehörte und auch unerhörte Reise. In ein Land soll sie führen, das hinter dem hintersten Kontinent liegt. Genauso unerhört neuartig ist die Form des Stücks: Denn die Gruppe macht sich auf den Weg, um »mit gesammeltem Ernst und möglichster Leichtfüßigkeit zwischen den Tragödien und Komödien auch einmal das ausstehende Drama des Fragens zu spielen«.
Zur Uraufführung im Wiener Burgtheater schrieb Benjamin Henrichs in der *Zeit*: »Es ist ein Zufall mit Bedeutung, daß die Wiener Premiere die erste große Uraufführung des neuen Jahrzehnts gewesen ist. Vielleicht ist Handkes Stück noch nicht das ersehnte neue Theater, aber wahrscheinlich eine toll-kühne Skizze dazu.«
Peter Handke wurde 1942 in Griffen (Kärnten) geboren.

Peter Handke

Die Kunst des Fragens

Suhrkamp

Die Originalausgabe erschien 1989 unter dem Titel:
Das Spiel vom Fragen
oder Die Reise zum Sonoren Land

suhrkamp taschenbuch 2359
Erste Auflage 1994

Druck: Nomos Verlagsgesellschaft Baden-Baden
Printed in Germany
Umschlag nach Entwürfen von
Willy Fleckhaus und Rolf Staudt

1 2 3 4 5 6 – 99 98 97 96 95 94

für Ferdinand Raimund, Anton Tschechow,
John Ford und all die anderen

»Die Pilger gingen sehr nachdenklich dahin …
Diese Pilger schienen mir von weit zu kommen«

Dante, *Vita Nova*

Ein Mauerschauer
Ein Spielverderber
Ein junger Schauspieler
Eine junge Schauspielerin
Ein altes Paar
Parzival
Ein Einheimischer, in verschiedenen Spielarten

Die Szenenangaben sind nicht immer unbedingt Szenen*anweisungen*

1

Die Bühne ist ein Plateau mittenhinten im hintersten Kontinent, probenhell, leer, still, leicht ansteigend wie zu einer Klippe. Dort wird jetzt, klammernd und Halt suchend, ein Händepaar sichtbar. Von der Seite tritt, wie vom Haus auf die Straße, der MAUERSCHAUER *auf, ein Mann in mittleren Jahren, leicht gekleidet, im Aufbruch begriffen, als Reisegepäck nichts als Kamm und Zahnbürste, die er sich gerade oben in die Jacke steckt. Schon nach ein paar Schritten, unter denen er sich immer wieder um sich selbst gedreht und umgeblickt hat nach seinem Ausgangsort, ist er unterwegs in der Weite, mit Wind unter den Achseln, erhobenen Hauptes, im Schlendergang. Auf die Halt suchende Bewegung im Bühnenhintergrund wird er aufmerksam, weil dort inzwischen nur noch eine Hand ist. Er hält inne. Als er dann hinläuft, verschwindet auch noch diese eine Hand, wie vom Schüttern seiner Schritte. Wenn es ein Fall ist, so folgen freilich weder Schrei noch Aufprall. Der Mauerschauer tritt an den Klippenrand, schnellt zurück, hockt sich nieder, bedeckt sich mit dem weiten Ärmel seiner Windjacke das Gesicht und bleibt regungslos.*

Von einer anderen Seite kommt nun, wie auf der Flucht, keuchend, mit dem letzten Atem, der SPIELVERDERBER *gerannt, ebenfalls ein Mann in mittleren Jahren, der sich im Laufen immer wieder umblickt nach seinen Verfolgern und sich dabei die Seiten hält. Endlich, im äußersten Winkel der Bühne, bleibt er stehen, mit hängenden Armen, und Blicken nach allen Seiten, so als stelle er sich, eingekreist. Die Häscher aber erscheinen nicht. Er reckt sich darauf langsam, zieht sich den Reisemantel an, den er bisher über dem Arm hatte, setzt sich nieder und streckt die Beine aus, mit Augen, die nichts tun als auszuruhen vom Fluchtweg.*

Auftreten nun, ohne daß die beiden Erstankömmlinge sie wahrnehmen, aus verschiedenen Richtungen der JUNGE SCHAUSPIELER *und die* JUNGE SCHAUSPIELERIN. *Er kommt daher mit einer Sonnenbrille, müde, wachsam, wie von einer Probe, während sie dahin unterwegs ist: die Augen zum Horizont gerichtet, die eine Hand auf der anderen Schulter, im schwingenden Kleid weitausgreifende Schritte, als ginge sie über die Hügel jemandem entgegen. Gleich wird sie die Frau des Bäkkers oder die ländliche Verlobte sein, während der junge Schauspieler noch halb in der Rolle des Aufrührers, des Menschenfeindes oder des zum Tode Verurteilten ist, mit einem Stück des entsprechen-*

den Kostüms. Sowie sie, ein jeder aus seiner Gasse gebogen, einander ansichtig werden, ist es der Augenblick, auf den sie seit jeher gewartet haben. Sie brauchen nicht aus ihren Rollen zu fallen; diese bekommen nur, mit einem leichten Ruck, einen anderen Zug. Zu ihrem Mienenspiel eines verliebten Landmädchens tritt Ernst, und seine Fechtergesten eines Empörers verlangsamen sich zu nach ihr sich ausstreckenden Armen. Danach das Stokken: Sie läßt sich, abgewandten Gesichts, auf der Stelle nieder, und er, nachdem er hin und her Umwege bis an die Ränder des Plateaus unternommen hat, setzt sich im Abstand zu ihr, auch er mit abgewendeten Augen.

Auftritt nun das ALTE PAAR, *hintereinander in unbeholfenem Lauf, beide mit den Händen voraus in die Szene fuchtelnd. Die alte Frau hat eine große Handtasche in der einen Armbeuge, und der alte Mann zieht einen mächtigen, dabei leicht wirkenden Überseekoffer hinter sich her. Sie haben offensichtlich ein Fahrzeug erreichen wollen, das ihnen vor der Nase wegfährt. Die beiden tragen die dunklen Feiertagskleider von Leuten, die sich ihr Leben lang fast nur im Arbeitsgewand bewegt haben, und wirken darin umso festlicher; heute hätten sie einmal frei sein können, außer Dienst. Jetzt jedoch gehen sie gesenkten Kopfes, auch sie ohne Augen für die übrigen, mit ihren Sachen zur Seite und sinken nieder, auf die Knie, dann auf die Fersen. Die Alte hält sich das Tuch, mit dem sie versucht hat, Zeichen zu geben, vor das Gesicht, der Alte, die Hände auf den Knien, wiegt sich vor und zurück.*

Zuletzt erscheint, im Rückwärtsgang, auf der Bühne noch PARZIVAL, *immer wieder einhaltend, dabei einen wie trotzigen Schritt zu seinem Ausgangsort andeutend, und doch stetig davon weiter wegweichend – so als sei er gerade irgendwo in der Wildnis ausgesetzt worden und werde, vielleicht mit einer Waffe, weggescheucht. Er ist der jüngste auf dem Plateau, fast noch ein Kind, kurzgeschoren, mit zerrissenem Zeug, barfuß. Wie endgültig ausgestoßen, hoppelt er im letzten noch freien Winkel der Bühne im Kreis, schlägt dabei den Kopf erst gegen die Knie und dann, zu Boden gestürzt, gegen die Planken, Speichelfluß aus dem Mund.*

Jetzt ertönt ein sonores Signal, fein, aber weithin, ein langgezogener, der tiefstmögliche aller Töne, allesdurchdringend, und nach einer Pause, in der jede Gestalt auf der Bühne, auch Parzival, reglos wurde und aufhorchte, ein zweites und ein drittes Mal, etwas wie ein Nebelhorn oder das Pfeifen aus dem Innern einer altertümlichen Lokomotive oder das Abfahrtstuten einer Fähre an einer Meeresstraße. Danach in der Stille bemerken die sie-

ben einander, und sofern sie nicht schon stehen, erheben sie sich. Koffer und Tasche werden wieder aufgenommen, und die Bühne wird dunkel.

2

Eine Biegung weiter im Hinterland, mit einer Zwergkiefer, oben auf einer Anhöhe. Man lagert da zu siebt, die beiden ALTEN *auf Klapphockern, neben sich Tasche und Überseekoffer. Weiterhin Stille und das helle Plateaulicht, oder das Licht auf ersten Proben. Die* JUNGE SCHAUSPIELERIN *schminkt sich ab. Der* JUNGE SCHAUSPIELER *läßt seinen Kostümteil verschwinden.*

DER MAUERSCHAUER
kämmt sich die windzerzausten Haare, beschattet sich mit der einen Hand die Augen, blickt zum Raum hinaus und streckt die andere Hand vor: Schaut doch, wie schön! Es ist gerade Frieden hier im Hinterland, und darum kann ich das sagen. Ich bin wohl zum Rühmen geboren, denn nichts andres in mir hat Stimme. Was sonst noch aus mir kommt, bleibt tonlos, oder wird schrill. – Aber warum fällt mir das Schönfinden heutzutage schwerer und schwerer? Warum habt ihr Früheren einfach sagen können: Empor die Herzen! oder: Heilige Salzflut! oder bloß: Erde! Sonne! oder das Allereinfachste: Zeit genug!? Und

warum habt ihr die nach euch noch segnen können? Und warum werde ich mit jedem Schritt weiter wegverschlagen von euch und kann so auch nichts überliefern von eurem Segen an unsere Kinder hinter dem Horizont, die sich dort ahnungslos über dem Abgrund bewegen? Im voraus sehe ich schon euer jähes Entsetzen und höre euer Rufen nach uns, die wir nichts für euch tun können werden. In meinen Ohren schon euer Aufschrei, und vor euch noch die Hügel mit einem Rauschen, das wie aus den Hügeln selber kommt. *Er geht mit dem Arm den Wellen der fernen Hügel nach.*

Der Spielverderber
wickelt sich frierend in seinen Mantel: Und an den Hügeln unter den Bäumen die Jäger. Und sie pirschen sich nicht mehr wie früher an ihre Beute, sondern kommen dahergeprescht mit den Jeeps auf den Forststraßen, haben schon gestoppt und feuern durch die offenen Scheiben, auf keinen Löwen oder Bären, nein, auf die Eichhörnchen, die noch einmal hochaufspringen, und haben die kleinen Kadaver schon verstaut und brausen, nachdem sie in Reih und Glied rasch an die Jeepreifen gepißt haben, weiter zum nächsten Abschuß; und wenn du eine Sekunde danach an den frischen Schlachtplatz trittst, glänzt da kein Tropfen Blut, fliegt in deinem Hügelwind kein Fellfetzen, triffst

du auf keinen Rindensplitter, nicht einmal einen brenzligen Geruch oder, wie sagt man heutzutage?, eine Restwärme: nichts als der unversehrte Baum, das ungekrümmte Waldgras und das unmenschliche Rauschen. – Und unseren Kindern sind du und ich doch längst aus dem Sinn. Selbst wenn sie uns täglich vor Augen hätten, wären wir für sie, wenn schon nicht lästig, im Bestfall »Ach der«, bei dessen bloßem Anblick sie das große Gähnen befällt, und würden wir, so verlassen sie vielleicht auch sein mögen, uns bei ihnen melden, so folgte auf die erste Freude des »Wer kann das für mich sein?« das enttäuschte »Ach du«, »Aha, der«. Unsere Kinder wollen zwar beschützt oder gerettet werden, aber um Himmels willen nicht von uns. Daß sie in der Todesnot nach uns schreien, ist bloßer Reflex. Sogar in ihren Träumen sind wir aus dem Spiel und werden ihnen in ihre Augen erst wieder blicken nach unserem Tod. – Und diejenigen vor uns, die für dich die edlen Alten waren? Schon richtig vielleicht, daß sie ein Herz zu rühmen hatten, nicht nur, wenn es um einen Sieger ging, und nicht nur, weil sie die Diener eines Gottes oder Fürsten waren und dafür belohnt wurden. Ob aber nicht, wenn ihr Ton unters Volk kam, sie selbst sich nun als die Sieger fühlten und am Ende gewiß waren, zum Preis des Daseins ein für allemal das Gültige gesagt zu haben, und wie jeder Sieger nur noch sich selber kannten, gegen uns Nachfahren ertaubt in Gleichgültigkeit, dem Gegenteil von deinem Segnen? »Zeit genug«, ja. Aber ob nicht die Alten, die so herrscherlich sich die Zeit herausnahmen, unsereinem eben dadurch keine Zeit mehr übrigließen? Schaut doch und seht dort draußen auf der Landstraße den riesenhaften Hundertjährigen gehen, die Hand scheinbar begütigend auf der Schulter seines kleinen Isaak, den er in Wahrheit wieder neu zur Schlachtstätte bringt. *Er wendet sich an seine offene Hand.* Oder was meinst du, Tierchen da? Ob ich mich täusche? Ob der Greis mit der schweren Hand auf der Schulter des Burschen einfach nur blind ist und sich ein wenig spazierenführen läßt? Doch Zeit genug noch für uns? Ob ein blindgewordener Bauer mit seinem Enkel bloß eine Felderbegehung macht? – Schaut her, das Tier hat aufgehört zu krabbeln und hebt den Kopf. Es wittert. Eine Frage genügt, und schon wittert es. – So frage ich dich weiter, mein Tierchen: Ob es bald wärmer wird? Was machst du heute abend? Wo wirst du im Winter sein? Wo warst du im Krieg? Wo ist deine Mutter? Wo ist dein Kind? – Schaut, es wendet sich tatsächlich um nach seinen Anverwandten! – Ist das hier deine Erstgestalt, Tier, oder hast du dich schon einmal verwandelt? Und in was werden wir hier uns noch im Verlauf der

Begebenheiten verwandeln? Der da aus dem fußkranken Idioten in den Wunderläufer? Die da aus einer, die all die vergangenen Nächte die Hände zwischen den Schenkeln stecken hatte, in eine, die in der kommenden Nacht die Arme um den da schlingt? Die beiden Alten da mit ihren Sorgenmienen in einen Bergdoppelkopf mit zufrieden grinsenden Buddhagesichtern? Der da mit seiner ewigen Vorläufigkeit zu einem mit festem Wohnsitz, der sein Heil nicht mehr sucht im Aufbruch, sondern wie der alte Sultan an Ort und Stelle im Schoß der jungen Geliebten? – Und sag zuletzt auch mir, mein Handorakel, ob im Verlauf der Begebenheiten der Flüchtling, der ich seit jeher bin, der mit den Augen, die sich nie recht zu schließen wagen, der zusammenfährt, wenn vor ihm auch nur ein Spatz aufschwirrt, der ausweicht vor einem Falter im Augenwinkel, der (*zwischendurch an die* JUNGE SCHAUSPIELERIN: »Blicken Sie einmal um sich!«, *was sie gleich tut*) nie in der eben gesehenen Gelassenheit über die Schulter hat blikken können, sondern immer nur so (*er zeigt es*): sage mir, Tierchen, ob der über Berge und Flüsse Gehetzte hier am Ende in einen verwandelt wird, der im Wald der Jäger, um sich vom Wild unterscheidbar zu machen, endlich laut singen kann, denn er ist für seine, die Menschenjäger, kein Menschenwild mehr? Warum, mein Tier, ist seit je mein erster Impuls, wenn ich einen Menschen sehe, gleichwen: Flucht? – Oder sag uns einfach: Wer ist d e i n Feind? Oder: Warst du es, das mir diese Löcher in meinen Mantel gefressen hat? (*Er hält das Ohr an die Hand. Dann in die Runde:*) Keine Antwort. Gewaltig! *Er bläst das Tier von sich.*

DAS ALTE PAAR
einander im Sprechen abwechselnd, mit immer wieder sich halb erhebenden Armen, in einem Singspiel: Eigentlich hätte das unsere erste Reise sein sollen. Aber ich wollte ohnehin nicht so recht. Und ich auch nicht. (*Gemeinsam:*) Warum hast du mir das nicht gesagt? – Seit dem Krieg habe ich nicht mehr woanders geschlafen als zuhause. Und ich seit damals im Krankenhaus. Immer schon war ich froh, wenn die anderen verreisten und ich der sein konnte, der allein zurückblieb. Ja, und wenn sie mir voll Mitleid zugewinkt hatten und endlich aus dem Blickfeld waren, hat es in mir jedesmal einen Luftsprung getan. Ja, und als einmal der Sohn noch kurz zurück um die Ecke kam, um uns mit einem letzten Wort zu trösten, hat er mich schon gemütlich mit der Zeitung in der Hand gesehen, und mich am Kirschbaum im Garten beim Kirschkernausspucken. (*Gemeinsam:*) Äpfel können wir ja beide nicht mehr beißen. – Wie schön

wird es rundum im Haus, wenn die anderen gut unterwegs sind und man für sie den Platz hält. Ja, weil sie die unsrigen sind, und ihnen das Haus zu hüten schon ihre Rückkehr vorwegnimmt. (*Gemeinsam:*) Jedenfalls für Momente. – Meine Freude war immer schon die, mich mit den Meinen mitzufreuen. Ja, und besonders, wenn sie ihre Freude weit weg von uns erlebten. Wie haben wir ihnen den Glanz der fernen Küsten ausgemalt und sie zu immer neuen Reisen gereizt. (*Gemeinsam:*) Und jetzt sind die Rollen vertauscht. – Statt daß ich auf dem Moped mit dem Enkel ein paar Runden drehe, muß er sich von unserm Sohn gerade fragen lassen: Erzähl! Was hast du heute Schönes erlebt? Und statt daß die Enkelin auf meinem Schoß sitzt und mir ihren Traum erzählt, über den wir zusammen lachen und weinen könnten, muß sie gerade lächeln fürs Photographiertwerden. (*Gemeinsam:*) Aber immer noch besser so, als im Moment mit den andern Alten der Gegend unterwegs auf der Kreuzfahrt zwischen den Kriegsschauplätzen. – Ob die aus dem ersten Staunen schon heraus sind und sich nur noch Witze erzählen oder Karten spielen? Das glaube ich nicht, denn unsere Gegend ist doch bekannt dafür, daß die Leute weder Spiele noch Witze kennen und, je älter sie werden, umso mehr ins Staunen kommen. In unserer Gegend staunen die Leute im Alter sogar gemeinsam, unisono, im Chor, und der häufigste Hausname ist »Wunderer«, »beim Wunderer«, »vulgo Wunderer«. Selbst der Dialekt unsrer Gegend wird die Mundart der Stauner genannt, schon unser Tonfall drückt ein einziges Sichwundern aus. Ja, ich stelle mir vor, daß sie immer noch so stumm dasitzen wie bei der Abfahrt, den Kopf hoch zum Schauen. Aber meinst du nicht, daß es bei allem Staunen jeden insgeheim längst wieder heimwärts zieht, zu den Bauernrosen im Garten, die beim Wegfahren gerade vor dem Aufblühen waren – schon der eine Purpurspalt in der Knospe! –, und zur Fortsetzung der lieben Serie heute abend im Fernsehen? Das glaube ich eher, denn wir haben doch bei uns selber den Spitznamen »Heimwärtsplärrer«. Zieht's dich auch heim? Nein, jetzt nicht mehr. Mich auch nicht mehr, denn es ist dort inzwischen so still, aus der Welt, so verschieden still von früher. Und zu den andern? Noch weniger. Stell dir vor, all diese alten Leute auf einem Haufen! Ein einzelnes altes Männchen riecht mir muffig genug. Ja, und endlich weg von den parfümierten alten Weibern mit ihren Belladonna-Augen und den Angstschwaden bei jedem Hüftschwung. Mein eigener Truthahnhals ist mir übergenug. Ja, und endlich einmal weg von den Krankheitsgeschichten, dem Beschnüffeln der letzten Tage, dem Begutachten der Angehörigen an den Gräbern.

DIE ALTE
in den Kreis: Als ich seinerzeit, noch nicht alt, im Krankenhaus lag, war es das schönste für mich, daß vor dem Fenster die Züge fuhren, und als ich das der Uralten neben mir sagte, war ihre Antwort: Ja, aber noch schöner sind für mich die Flugzeuge.

DER ALTE
in den Kreis: Und als ich im Krieg war, hatte ich einmal Ausgang und bin den ganzen Sommerabend lang in jenem fremden Land neben einem alten Mann auf einer Caféterrasse gesessen, und das einzige, was er mir dann, zum Abschied um Mitternacht, sagte: Ist das nicht ein feiner Platz zum Frauenanschauen? (*Gemeinsam mit der* ALTEN:) Das waren die dritten, an den dritten Orten, und wenn ihr, Fremde, auch solche dritten seid, dann werden wir zu siebt eine gute Reise machen. (*Er betrachtet die jungen Schauspieler, die beide sich dabei aufrichten und sich betrachten lassen:*) Bist du ein Widerständler? – Und du, bist du die Festkönigin?

Die Alte
So hat er nie gefragt. – Hast denn du, in deinem Alter, überhaupt noch Fragen?

Der Alte
Ja, Fragen noch und noch. Und was für welche! Und du?

Die Alte
Ja, ich auch. Je älter ich werde, desto mehr Fragen habe ich, desto mehr denke ich alles in Frageform. *Schweigen. Sie richtet ihm die Hosenträger, und er ihr die Haarspange.*

Die Schauspieler *mustern einander.*

Die junge Schauspielerin Und?

Der junge Schauspieler Nein. Noch nicht.

Die Schauspielerin
Du weißt deine Frage noch nicht.

Schauspieler
Einerseits drängt es mich dazu, weil es ohne sie nicht weitergehen kann zwischen uns. Andrerseits habe ich eine Scheu davor, denn wenn es die falsche Frage ist, oder gestellt im falschen Moment,

können wir nie mehr zusammenkommen, und vor dir steht statt des Widerständlers oder Empörers bloß der wichtigtuerische junge Schauspieler, der für nichts und wieder nichts Unruhe stiftet.

SCHAUSPIELERIN
Ich wollte nie etwas anderes sein als Schauspielerin. Mein Blick hinauf in einen Baumwipfel sollte gesehen werden von den Augen der anderen. Wenn ich, allein in meinem Zimmer, mich umwendete, stellte ich mir vor, wie durch die Zuschauermassen ein Beben ging. Wenn ich den Arm so ausstrecke, daß er sich wirklich einmal zeigt als der ausgestreckte Arm, wenn ich jemandem mein Ohr zuneige, daß es wirklich zum geneigten Ohr wird, wenn ich dich anschauen kann mit diesen meinen Augen hier, dann stelle ich mir nicht bloß vor, ich fühle es, daß das, was ich gerade verkörpere – ja, ich tue dann nichts, ich verkörpere einfach –, über dich hinaus sich zugleich richtet an ein Publikum, das bis zum Horizont um mich herum ist, sich über meinen wahren Moment freut oder trauert mit mir und, wenn schon nicht: Ja, so ist es, zumindest doch in einem gemeinsamen Atemzug denkt: Ja, so war es einmal! Ein Schauspieler, so mein Gedanke, sollte ein Wahrspieler sein, etwas ganz Seltenes.

SCHAUSPIELER

Ja, so war es auch mit mir einmal, ich erinnere mich. Gelang mir einmal ein wahres Gefühl, so wollte ich damit, mit seinem Schimmer in den Augen, seiner Ruhe auf den Lippen, seiner Schwingung in der Stimme, auf der Stelle gefilmt werden, in Großaufnahme, die gleichzeitig übertragen werden sollte auf Riesenleinwände in die Stadien des Erdkreises. Zum Spielen hat es mich nicht gedrängt, weil ich agieren und Helden darstellen, sondern endlich länger als ein paar Sekunden ernst sein und das die Welt auch mitfühlen lassen wollte. Aber inzwischen habe ich diesen Antrieb fast verloren.

SCHAUSPIELERIN

Und ich ebenso. Seit ich tatsächlich auftrete, ereignet es sich kaum mehr, daß ich wie früher, als das noch nicht mein Beruf war, mit einer richtigen Bewegung an der rechten Stelle eine Welt umspanne. Haben auch dir deine Lehrer erklärt, zu dem, von dem jeder einzelne im Publikum sagen kann: »Mein Schauspieler!«, werde nur, wer, was er seit der frühesten Kindheit in einem unsichtbaren Licht vorgehen spürte, im sichtbaren Licht verfeinert wiederholte – als die Durchlässigkeit in Person –, so daß am Ende nicht er, sondern die Leute als Schauspieler nachhause gehen, und zwar als von ihrem Schauspielertum überzeugte, weil sie durch ihn, den Durchlässe-Schaffenden, erst begriffen haben, daß auch sie dieses immer wieder verkörpern und nur in jenen Schauspielermomenten sich selbst wie ihre Nächsten als die Helden und die Einsamen erfahren, welche wir, unsere Mutter, unser Vater, unser Bruder, unsere Nachbarn in Wahrheit ja sind? Und haben auch dir deine Lehrer vorgehalten, daß wir heutigen Spieler unfähig zur Durchlässigkeit sind? Daß unsere Gesten nur noch uns selber zeigen, statt hinaus in einen Raum?

SCHAUSPIELER
zeigt: Schau, den Hasen dort, unser Ebenbild! Schau seine lichtdurchlässigen Lauscher!

SCHAUSPIELERIN
Daß all jene Wörter, mit denen die großen alten Geschichten erzählt wurden, und ohne die es keine Geschichten gibt, »Segen«, »Fluch«, »Liebe«, »Zorn«, »Meer«, »Traum«, »Wahnsinn«, »Wüste«, »Jammer«, »Salz«, »Elend«, »Frieden«, »Krieg«, für uns Heutige Fremdwörter geworden sind, deren letzten verbliebenen Sinn wir noch weiter vernichten, indem wir sie entweder peinlich falsch aussprechen oder bloß so fallenlassen wie im Gerede der Fußgängerzonen?

Daß wir unfähig sind, die langen, verschlungenen Sätze darzustellen, in denen allein jene Wörter wieder frisch ihren Platz bekommen?

SCHAUSPIELER
probiert: So wie es das Glück gibt – denn ich habe es ja erlebt –, so gibt es das Elend – denn ich habe es ja erlebt –, und auch ich bin schon aus einem Krieg heimgekehrt, worauf mich das Meer umspielt hat wie sein Kind, so daß ich die Dankbarkeit selber wurde ...

SCHAUSPIELERIN
Daß unsere Körper heutzutage nicht mehr jene Stille um sich ziehen, in der die Zuschauer sich zusammenfinden können, sondern entweder unnahbare Massive oder in den Käfig lockende Affen sind?

SCHAUSPIELER
Ich wollte immer der dritte Körper sein!

SCHAUSPIELERIN
Daß uns die Niederlagen fehlen, die uns das Zögern beibringen und unser Spielen erst fruchtbar machen?

SCHAUSPIELER
Ich lebe von der Frucht meiner Kindheitswunden.

SCHAUSPIELERIN
Daß wir als die gespenstbleichen Wiedergänger unserer Vorgänger auftreten?

SCHAUSPIELER
Wenn in mir jetzt eine Kraft ist, dann die eines Neuanfängers.

SCHAUSPIELERIN
Daß wir das auf uns Überlieferte beanspruchen als unsere Kolonie, in schamloser Selbstverständlichkeit?

SCHAUSPIELER
Wenn ich etwas von Kind an, und ohne jeden Lehrer, weiß, so: daß nichts auf der Welt zu haben ist, du nicht und niemand. Ich bin ein begeisterter Habenichts. Und auch ich bin einer aus der Gegend der Stauner, dem nie etwas selbstverständlich sein wird, und den, wenn er nichts zu bestaunen vorfindet, das Heimweh packt. Und auf noch Stärkeres als das bloße Staunen geht mein Heimweh: auf das Bestürztwerden noch und noch. *Die beiden erheben sich.*

SCHAUSPIELERIN
Und schließlich, vor allem, haben auch dir die Lehrer gesagt, daß wir Heutigen die Durchlässigkeit deshalb nicht mehr schaffen, weil wir nicht ganz von vorne wieder mit dem Fragen anfangen? Wobei sie uns aber zugute halten, daß der Grundrhythmus unseres Atmens, Schauens und Hörens offenbar wie auch bei ihnen und denen vor ihnen noch immer der eines beständigen stummen Fragens ist, mit der Sehnsucht eines Kinds unterwegs zum erlösenden Ausdruck? Daß solches Stummbleiben und Nichtfragen aber nicht wieder eine unserer Unfähigkeiten ist, vielmehr, gerade in unserer als schamlos bezeichneten Neuzeit, das Lebenszeichen einer ursprünglichen Scheu? Daß diese Scheu aber, mit der wir Heutigen in den entscheidenden Momenten entweder die richtige Frage verschweigen oder statt dessen eine Scherzfrage stellen, unser Fruchtbarstes ist – unsere besondere Gabe? Daß es aber nun hohe Zeit ist, uns, mit der Scheu als dem Kompaß, auf den Weg zu machen und mit gesammeltem Ernst und möglichster Leichtfüßigkeit zwischen den Tragödien und Komödien einmal das ausstehende Drama des Fragens zu spielen, das – haben deine Lehrer das auch gemeint? – keineswegs das Vorausgewußte eines Lehrstücks oder die Hereinlege-Fragerei eines sokratischen Dialogs haben dürfe – keine

Denkfragen, kein Fragen als Fallenstellen! –, wohl aber, für einige Raststellen jedenfalls, getrost etwas von Zaubermärchen oder Posse? Daß aber der Grundzug unseres Dramas vom Fragen der einer Forschungsreise sein solle, und sein Grundton, bei allem suchenden Umspielen, der Psalmenton? Daß wir dieses Spiel vom Fragen in jeder Situation betrachten sollten als ein An-das-Licht-Kehren unserer verborgensten und hintersten Welt? Daß es dabei immer noch besser sei, falsch zu fragen, als gar nicht mehr zu fragen: das erstere sei bloß ein Fehler, das letztere aber inzwischen Schuld?

SCHAUSPIELER

Dann fang jetzt an. Frag. Spiel du erst einmal die Fragerin. Ich bin noch nicht soweit. Frag dafür du mich. Hilf mir weiter mit deinen Fragen. Aber fang klein an, am besten mit uns beiden hier. Und laß dich erst einmal ruhig gehen. Du wirst nicht geprüft. Deine Mitspieler sind nicht deine Lehrer, sondern ebenso Rat suchend wie wir. Es gibt keinen vorgezeichneten Weg. Kann sein, daß wir mit unserer Expedition jene Suche nach der Nordwest-Passage wiederholen, die der Captain Cook nicht und nicht finden konnte – einfach, weil es sie nicht gibt. Unsere Vorgänger werden schon gewußt haben, warum das Fragen für sie kein Stoff für ein Drama war, denn wenn es ein Stoff ist, dann aus

so vielen, in unzählige Richtungen auseinanderlaufenden Formen, daß die eine durchgehende oder zielführende Form vielleicht gar nicht zu finden ist. So ganz unmöglich und ohne Sinn kann unser Aufbruch aber nicht sein, denn sonst wäre ich doch nicht so voller Verlangen danach. Zum Fragen gehört das Gehen: Fragengehen, draußen, im Freien. Meine Vorstellung von unsrer Fragereise ist die von einer Wanderung der Generationen in der leichten Luft eines Hochplateaus, dem entsprechend wir wieder die alten Wanderschauspieler, unser Fragen ein gleichmäßig dahinfließender Wasserlauf ohne Untiefen. Licht und Luft, steht uns also bei. Rolle im Fragedrama, die ich mir doch gewünscht habe, laß dich verkörpern. Geist des Fragens, erlaub uns Heutigen ein Suchspiel mit dir, denn das tut uns not. Und anders als einst durch die Orakeldiener sollst du uns auf unsre Fragen dann keine Antworten geben an deinem traditionellen Ort, sondern uns dort nur helfen, daß jeder einzelne sich fragt, was heute noch seine Fragen sind. Und jetzt frag, Frau. Und werde langsamer, ab hier geht's bergauf. Und frag kürzer als bisher, auch das entspricht dem Bergaufgehen. Und beginn schamlos, wie die Kleinkinder, die Betrunkenen und die Idioten. Und wenn du nicht weiterweißt, spring, oder mach es wie unser Hase dort am Horizont.
Auch die andern, bis auf PARZIVAL, *erheben sich.*

Das ALTE PAAR *schlichtet seine Klappstühle in den Überseekoffer, mit behutsamen Bewegungen, wie um den Spielanfang nicht zu stören.*

SCHAUSPIELERIN
Was dachtest du, als du mich zum ersten Mal sahst?

SCHAUSPIELER
Endlich steht vor mir die, deren Bild schon immer in mir war: die Richtige.

SCHAUSPIELERIN
Woran erkanntest du das?

SCHAUSPIELER
Bei einem andern Menschen sehe ich immer gleich, was mir mißfällt. An dir dagegen war alles unauffällig. Erst als ich mich darüber wunderte, schaute ich näher hin und erstaunte, daß du vollkommen schön warst.

SCHAUSPIELERIN Und dann?

SCHAUSPIELER
Dann geschah etwas Dreifaches, und jedes von den dreien zugleich: Es trieb mich, zu dir hin zu gehen, dich zu packen, dich mit mir davonzutra-

gen und mit dir zusammen eine Spur von Blut und Sperma kreuz und quer durch den Kontinent zu ziehen, bis ans Ende der Zeiten, und zugleich wünschte ich, du mögest sofort und für immer von mir weggehen, damit ich allein mit deinem Bild zurückbleiben könnte, und das dritte war, daß ich selbst auf der Stelle verschwinden wollte, wegrennen über die Hügel, von dir weg aufbrechen in die Gefahr, auf der Suche nicht gerade nach dem Gral oder Goldenen Vlies, aber diesen beiden doch Gleichwertigem, jahrelang so abwesend bleiben in fremden Ländern und mich erst, wenn ich dir dort ebenbürtig geworden wäre, mit dir an einem dritten Ort zu vereinigen, als sei die Seligkeit nur zu erreichen auf solchen Umwegen. – Frag weiter.

SCHAUSPIELERIN
Hast du dir eine Vereinigung vorgestellt?

SCHAUSPIELER
Ich brauchte sie mir nicht vorzustellen, sie war, auf der Stelle, heiß. Dafür sah ich aber, daß ich dir, als mein zusätzliches Vergnügen, immer treu bleiben und deines Körpers nie überdrüssig würde. Dein Hintern würde sich immer neu runden unter meinem Blick, meine Hand, wenn sie zu deiner Hüfte käme, fände dort bis zuletzt heim. Und ich

sah auch: Endlich ist sie da, die vertraute Fremde aus den Träumen, die nichts tut, als dazusein und mich mit ihrer rein leiblichen Liebe zu umspielen. Und ich sah auch sofort: Unsere Lust würde gottgefällig sein – nichts gottgefälliger als unser beider Lust –, und gottgefällig selbst unsere Obszönitäten: der oder die zuständige der Götter würde darüber von den Toten erwachen und mit uns mittun. Und was ich, zwar erfüllt vom Fragen und tatsächlich davon durch und durch rhythmisiert, bei all diesen Bildern zugleich wußte: Daß ich dir nie im Leben eine Frage stellen würde wie »Liebst du mich?« oder »Woran denkst du gerade?«

SCHAUSPIELERIN
mit einem Schritt zurück: Und jetzt?

SCHAUSPIELER
gleichfalls mit einem Schritt zurück: Es kommt mir vor, wir haben so leichte Kleider an, daß wir, ohne auch nur die Hand zu rühren, ineinander übergehen könnten, mir nichts, dir nichts.

SCHAUSPIELERIN
Schritt zurück: Vor aller Augen hier?

SCHAUSPIELER
einen Schritt zurück: Sie werden es nicht sehen,

denn wir werden ihnen dabei durchsichtig erscheinen. Und wenn sie es sehen, werden sie es nicht glauben, denn etwas dergleichen haben sie noch nie gesehen. Unser Ineinanderübergehen wird in ihren Augen ein Tanz auf kleinstem Raum sein.

SCHAUSPIELERIN
Schritt zurück: Und dann?

SCHAUSPIELER
Schritt zurück: Den Ausdruck der höchsten Hingabe in deinem Gesicht werden sie für den der äußersten Verachtung halten.

SCHAUSPIELERIN Und dann?

SCHAUSPIELER
Wir werden in uns gemeinsam ein Bild sehen, das mit jedem Atemzug größer und farbiger werden wird.

SCHAUSPIELERIN Und dann?

SCHAUSPIELER
Du wirst nicht geschrien haben, sondern so wunderbar still gewesen sein, daß ich nicht zum Anhängsel deiner Lust verkümmerte und die Zuschauer dir glaubten.

SCHAUSPIELERIN Und dann?

SCHAUSPIELER
So wie man manchmal an einem Baum das Laub sich plötzlich regen sieht, obwohl es sich doch die ganze Zeit schon geregt hat, so wirst du, die mich doch die ganze Zeit schon angeschaut hat, uns plötzlich anschauen.

SCHAUSPIELERIN Und dann?

SCHAUSPIELER
Wir werden vor ihnen die Augen geschlossen haben wie im gemeinsamen Nachdenken, oder gemeinsamen Schmerz über einen Verlust.

SCHAUSPIELERIN
nach einem Schweigen unvermittelt an den dakauernden PARZIVAL: Da zwischen dem da und mir, noch bevor etwas getan ist, schon fast alles gesagt ist, kann da aus uns überhaupt noch etwas leibhaftig werden?

PARZIVAL
schreckt auf und horcht um sich wie ein erwachendes Kind.

SCHAUSPIELERIN
läuft zu ihm und hockt sich zu seinem Ohr: Wieviel Zeit wird vergehen müssen, bis die Bilder, die der fremde Ritter dort aus seinen Träumen hinaus in die Welt posaunt hat, von unseren heutigen Erwachsenenkörpern, stumpf geworden von den Wiederholungen, gegenwartsunfähig gemacht durch die Erinnerungen, übersetzt werden können ins Leben?

PARZIVAL
hat der Frage kopfwiegend gelauscht und klopft nun ihren Rhythmus nach.

SCHAUSPIELERIN
Oh, ich habe vergessen: Kurze Fragen! – Wieviel Zeit? Was für eine Zeit? Die in Tagereisen, Waldlichtungen und glühenden Augen wilder Tiere gerechnete Märchenzeit?

PARZIVAL
nickt und schüttelt den Kopf in einem.

SCHAUSPIELER
von weitem: Beantwortbare Fragen!

SCHAUSPIELERIN
nach langer Pause zu PARZIVAL: Wer hat dich von zuhause weggejagt?

Parzival *wird starr.*

Schauspielerin
nach einer langen Pause: Hat man dich ausgesetzt, wie einen Hund vor dem Sommerurlaub an der Autobahn?

Parzival
rutscht weg von der Fragerin.

Schauspielerin
zeigt ihm wie zur Beruhigung ihre Geste – rechte Hand auf linker Schulter: Hast du Angst vor mir?

Parzival
fuchtelt, wie um ein Insekt zu verscheuchen.

Schauspielerin
Oh, ich habe vergessen: Im Fragen springen! – Was sind deine Farben?

Parzival
schlägt sich auf die Wange.

Schauspielerin
Gehst du immer barfuß, oder hat man dir die Schuhe weggenommen?

Parzival
rollt sich zusammen und schlägt mit der Stirn auf den Boden.

Schauspielerin
geht zur Seite: Ich merke, ich kann nicht fragen. Zwar hat einer der Lehrer mich einmal vor allen als ein Beispiel hingestellt, weil ich die einzige sei, die nichts als gegeben hinnehme und bei allem das Warum wissen wolle. Aber das war wohl ein anderes Fragen. Hängt mein Nichtfragenkönnen jetzt damit zusammen, daß ich nie trösten konnte? Nie das richtige Trostwort fand? Also die Rolle des Fragers weitergeben und fürs erste nur noch still über die Hügel? Leitspruch aus meiner Gegend: »Sei da und sei still!« *Sie geht weiter zur Seite.*

Der Spielverderber
tritt auf Parzival *zu:* Jeder weiß doch, mit welcher Frage man Kinder und Idioten, die sich verirrt haben und vor Angst außer sich sind, zunächst einmal beruhigt, damit sie einem wenigstens zuhören. (*Er legt* Parzival *die Hand auf den Kopf, den dieser nun noch mehr einzieht:*) Wie heißt du?

Parzival
setzt sich jäh auf und fletscht ihm die Zähne.

Spielverderber
zunächst wieder in die Runde: Aus vieljähriger eigener Erfahrung weiß ich, was ich einen zu fragen habe, der mir nicht wohlgesonnen ist. – Lebt deine Mutter noch?

Parzival
springt auf die Beine und packt ihn am Mantel.

Spielverderber
so gut es geht in die Runde: Von Flüchtlingskindesbeinen an weiß ich, daß man die Verfolger besänftigt oder zumindest stutzig macht, indem man ihnen mit der Frage nach ihrer Heimat kommt, und zwar nicht der großen – nicht nach dem Vaterland –, sondern der kleinen, der kleinstmöglichen aller Heimaten: dem Dorf, dem Stadtteil, der Straße. (*Zu* Parzival:) Wo genau bist du geboren?

Parzival
stutzt, ohne ihn freizugeben.

Spielverderber
In welcher Himmelsrichtung lag dein Zimmer? Schien die Sonne am Morgen herein oder am Nachmittag?

Parzival
die Hand weiter an des anderen Kragen, erinnert sich sichtlich, stumm.

Spielverderber
An welchem Ort im Haus warst du am liebsten? Wo hast du am besten für dich sein können? Was war der Winkel, wo du keine Angst haben mußtest?

Parzival
nach einer Pause, lächelt plötzlich, dann wieder und wieder, und atmet zuletzt durch, worauf ihm die Hand vom Hals des Gegenübers sinkt.

Spielverderber
Was sahst du beim Blick aus deinem Fenster?

Parzival
vertieft sich, Ruck um Ruck, in seine Bilder und begleitet sie mit Fingerzeigen, wie mit einer Schrift.

Spielverderber
Wenn du in deinem Winkel saßst: Was hast du von dort aus gehört? Was war der Grundton?

Parzival
fängt nach einiger Zeit mit geschlossenen Lippen

zu summen an, in einem Ton, der, auf immergleicher Höhe, mit dem Anschwellen sonor wird, bis er den Raum füllt und abbricht, worauf Parzival ohne Arme voran zu Boden stürzt und dort liegenbleibt.

SPIELVERDERBER
in den Kreis: Habt ihr gesehen? Lauter richtige Fragen. Lauter Treffer. – Und nun muß ich in meiner Heiß-Kalt-Kur nur noch die genau falschen Fragen finden, damit das einsame Kind die Spielregeln schockhaft begreift, von seiner Verbannungsinsel zu uns übersetzt und endlich mit uns mitspielt. (*Zu* PARZIVAL *gebeugt:*) Kind Parzival, wo verlief an deinem Ort die Grenze, jenseits derer in einem Schlag die Heimatluft abflaute, das Heimatlicht ergraute, und du dich herausgezerrt sahst aus deinem Farbenwinkel in die Fahl- und Wirrnis?

PARZIVAL
hebt im Liegen, wie um sich eine solche Grenzlinie vorzustellen, den Kopf, schnellt dann herum und tritt den Spielverderber von sich weg.

SPIELVERDERBER
Kind Parzival, wem gibst du die Schuld an deiner unheilbaren Wunde?

Parzival
schlägt jäh ein schwer klirrendes Kettenstück auf den Boden und steht dann langsam auf.

Spielverderber
flüchtet in den Abstand und sagt von dort, nach einer Pause: Sohn Parzival: Was fehlt dir?

Parzival
geht, die Kette in der Faust, langsam auf den anderen los, der nun weiterflüchtet und dabei sein Repertoire von Fluchtarten vorführt.

Spielverderber
indem er immer wieder auf einer der Fluchtstationen innehält, in den Kreis: Nur ruhig, ich bin Herr der Lage! *Dann aber, in die Enge getrieben, flüchtet er sich zwischen die übrigen, die sich um ihn zusammenschließen.*

Parzival
bewegt sich, mit der Kette in die Luft schlagend, in einem wankenden Amokgang auf die Gruppe zu, die sich kreuz und quer über die Bühne zurückzieht.

Mauerschauer
stellt sich ihm entgegen und weist mit dem Arm in

eine Richtung: Siehst du den Spatz dort, wie er auf einem Grashalm schaukelt? Und jetzt dort auf einem Blitzableiter?

PARZIVAL *schaut.*

MAUERSCHAUER
weltläufig zu den andern: Nach meiner Meinung sind in seinem besonderen Fall vor allem die sogenannten »W-Fragen« zu vermeiden. In dieser Hinsicht ist Parzival ja ein gebranntes Kind. Es dürfen ihm demnach nur Fragen gestellt werden, die weder mit einem Wer? oder Was?, weder mit einem Wo? oder Wann? und schon gar nicht mit einem Wie? oder Warum? beginnen, und einzig beantwortet werden können mit Ja oder Nein.

PARZIVAL
läßt die Kette an ihm vorbeisausen.

MAUERSCHAUER
nachdem er sich mit einem Sprung gerettet hat, sofort weiterfragend, doch ohne Frageton: Dort, hinter dem Damm, siehst du die Stromleitungsmasten. Siehst du, wie sie beim Hinschauen ins Schaukeln geraten. Siehst du, daß es Schiffsmaste sind. Daß sie aus Metall sind. Du hörst das Klingeln der Segeldrähte am Metall. Du hörst nichts sonst, kein

einziges Segelknattern. Du hörst von einem Ende der Bucht zum andern nichts als das Zirpen der an die Masten schlagenden segellosen Stahldrähte von Tausenden Rumpf an Rumpf nebeneinanderliegenden Schiffen.

PARZIVAL
hat in seinem Rasen eingehalten und horcht.

MAUERSCHAUER
von neuem weltläufig an die andern: Wie man sieht, sind bei Fragen an ihn zusätzlich alle Frage-Intonierungen zu vermeiden. Es hat danach den Anschein, es sei in ihm noch etwas von der Ursprünglichkeit jener Völker erhalten, die zwar Fragen haben wie wir, jedoch unseren Fragetonfall nicht kennen, und für die das Stimmeanheben von uns Heutigen am Ende unsrer Fragesätze das Unverschämte und Aufreizende des auf der ganzen Welt allein schon für die Fragestimmen seiner Kinder berüchtigten Herrenvolkes hat. *Er kehrt zurück zu dem weiterlauschenden* PARZIVAL: Schönes Zirpen, ja?! Es heißt Sommer und Freiheit, ja(?!) Freiheit von den vier Wänden, der Decke über dem Kopf, den Stimmen der Nachbarn hinter den Zäunen, den Eigentümergeräuschen, Freiheit vom Deutsch-, Dänisch-, Türkisch- und Spanischsein, ja. Du hast kein Heimweh mehr, ja. Es zieht

dich, unter diesem freieren Himmel zu sein und unter diesem Klingeln bis zum fernrückenden Tod mit uns unterwegs zu sein, ja?!

SPIELVERDERBER
aus dem Schutz der andern heraus: Und auch die Blutstropfen im Weg nimmst du als Zeichen des freien Unterwegsseins, geschehen beim Konservenaufschlitzen, ja?!

PARZIVAL
holt aus und schlägt den MAUERSCHAUER *auf die – von Reisegamaschen geschützten – Füße.*

MAUERSCHAUER
geht zurück, nicht auf der Flucht, sondern um PARZIVAL, *der wie blind dasteht, so besser im Auge zu haben, und blickt abwechselnd über die Schulter und nach vorn:* Nach meiner Ansicht bin ich mitschuld an dem Schlag. Wahrscheinlich ist uns heutzutage der Frageton schon eingeboren und nicht mehr wegzukriegen, und wahrscheinlich bilden ihn, entgegen unserem Willen, auch schon unsere Körper ab. So fragt ihr Alten jetzt weiter. Vielleicht gibt es bei euch noch eine Verwandtschaft zu diesem Primitiven. Jedenfalls scheint er wie ihr einer aus der Gegend der Heimwärtsplärrer zu sein. Nach meiner Ansicht steht es in der Macht von

euch Alten, dem Urmenschen da die Wohltat jenes Fragens zu erweisen, das auch ihn unterwegs mit uns heimisch machen wird.

SPIELVERDERBER
Wer sagt, daß es das Heimweh ist? Vielleicht verträgt er nur das Gefragtwerden nicht, in welcher Form auch immer?

MAUERSCHAUER
Das Fragen abbrechen geht jetzt nicht. Das Spiel muß weitergehen.

SPIELVERDERBER Warum?

MAUERSCHAUER
Wir haben uns auf das Fragen eingelassen, und ohne Fragen kommen wir aus dem Fragen nie mehr heraus.

SPIELVERDERBER Mit Fragen aber wohl?

MAUERSCHAUER
Mit Fragen zwischendurch doch. Und mit Fragen bleiben wir zugleich im Spiel. Und haben dessen Züge in der Hand. Freizügig im Wortsinn. Immer auf dem Sprung zur nächsten Frage, ganz woandershin. Trotzdem nach einer Regel. Die erst zu

suchen ist. Durch unser Spiel. Auf dem Weg unsres Immerweiterfragens. Damit wir, wenigstens zwischendurch, einfach nur dasein und im Fraglosen ausruhen können. *Er macht Platz für das* ALTE PAAR.

DAS ALTE PAAR
im Singsang, sich dabei abwechselnd: Nie habe ich von mir aus gesungen, bis das Sterben eines Nachbarn mich zum Singen gebracht hat. – Nie habe ich von mir aus gesungen, bis der Ekel vor dem Leben mich zum Singen gebracht hat. – Ich bin im Umkreis des Sterbenden über die Felder gegangen und habe auf einmal zu singen angefangen. – Ich bin mit meinem Lebensekel stumm in der Küche gestanden und habe auf einmal zu singen angefangen. – Ich bin im Licht des Sterbenden immer weiter von ihm weggegangen und habe über die abgeernteten Felder hin ein Triumphlied gesungen. – Ich bin im Kampf gegen meinen Ekel laut summend durchs Haus getänzelt, und jeder hat sich gewundert über meine plötzliche Fröhlichkeit. – Mein Singen war ohne Worte und ist mehr und mehr zu einem Gebrüll geworden, unter dem ich den Boden gestampft habe, und das Licht des Sterbenden hat mir an den Feldhütten die hintersten Winkel herausgestrahlt. – Nur die Haustiere haben sich vor meinem unausgesetzten Summton verkrochen, und die Vö-

gel haben sich stumm in die Bäume geduckt, und auf der Straße die Kinder, statt mich zu grüßen, sind vor mir weit zur Seite getreten. – Bis hinters dritte Dorf bin ich von dem Sterbenden weg in seinem Licht johlend dem Zickzack der Feldwege nachgegangen, habe das Sterbelied hinausgebrüllt über einen spiegelglatten Schwarzwasserteich, habe es hineingeschmettert in einen spiegellichten Wald, und spürte, als ich endlich nur noch stumm im leeren Land hinter dem Spiegel stand, am Kopf hier momentlang das Strömen der Emmausluft, doch wie ich am Abend zurückging, war da im Nachbarhaus noch immer die weithin hörbare Atemnot, stand drinnen im Haus noch immer der Haarwirbel eines Menschen im Todeskampf auf, war es noch immer nicht der niedergekämmte der bloßen Hülle. – Und als ich mir den Lebensekel endlich von der Seele gesummt hatte, hat mich zuhause statt des nicht sauberzukriegenden Krams für einmal der Hausrat des Feierabends erwartet, ist mir die Tür neu umkränzt erschienen, hat noch einmal die Liebe mich über die Schwelle getragen, stand freundlich, in Gestalt eines Tellers, die Welt vor mir. *Pause.*

PARZIVAL
erst stammelnd und stotternd, setzt vernehmlich zu sprechen an: Vater unser, der du bist im Himmel –

Hier wacht ein Dobermann – Ist mild und schmeckt – Gelassen stieg die Nacht an Land – Nur an Schultagen – Ich bin nicht gern, wo ich herkomme – Aber sprich nur ein Wort, und so wird meine Seele gesund – Fern, so fern vom Heimatland – Fußgänger in die Unterführung – Das war der schönste Tag in meinem Leben – Wenn einer eine Reise tut – A und B sitzen im Klee – Das Ohr hört nachts Sonatenklänge – Lustig ist das Zigeunerleben – Brennend heißer Wüstensand – Um ein Grammäquivalent eines Stoffes abzuscheiden, brauche ich 96 500 Kilokalorien – Klebt alles – Wie auch in der Stunde unseres Todes – Von wo niemand wiederkehrt – Wenn man trotzdem lacht – Wenn die Not aufs Höchste steigt – Solang der Bauch in die Weste paßt – Nächtlich am Busento – Non é possibile – Et moi et moi et moi – Reisen bildet – Dober dan – $E=mc^2$ – Wir müssen leider hier draußen bleiben – Nahm er das Brot, brach es – Wo ich die Liebste fand – Phalatrsnawayragya – Sonst wird dich der Jäger holen – Nächste Station: Hakubutsukandobutsuen – Toisin autoisin potamoisin epibainusin hetera kai hetera hydata epirrhei – Somewhere I lost connection – Miserere nobis – O wär ich nie mehr allein! *Parzivals Reden erscheint zugleich als ein unausgesetzter Versuch, es von sich abzuschütteln. Je mehr er es aber loswerden will, desto mehr davon kommt nach.*

Auch als er nun verstummt, redet es augenscheinlich pausenlos in ihm weiter. Immer noch wie blind, schlägt er sich zuletzt selbst auf den Schädel, erst mit der Faust, dann mit dem Stück Hundekette.

Die Schauspielerin
hängt dem um die Kiefer Hetzenden einen Spiegel in den Baum.

Parzival
stockt, bekommt einen Blick, betrachtet sich lange im Spiegel oder schaut sich nur in die Augen. So blickt er nun auch um sich und seufzt dann, einen geradezu kunstvollen, langandauernden Seufzer der Linderung.

Spielverderber
ihn dabei unterbrechend: Mund auf, Augen zu. Aller Augen warten auf dich. Leise flehen meine Lieder. Laß mich in deine Augen schauen. Dies Bildnis ist bezaubernd schön. Unter einem Regenschirm am Abend. Schau dich nicht um. Mehr Licht. Ins Offene, Freund. Reich mir die Hand, mein Leben. Ägyptische Finsternis. Gnothi seauton. Olio extra vergine d'oliva. Letzte Tankstelle vor der Autobahn. Umweltfreundlich. Edel sei der Mensch. Perestrojka! Meergrün ...

Parzival

der zunächst zurückgewichen ist und mit hängenden Armen dasteht, wie im Versuch, dem Reden mit dem Kopf hin und wieder auszuweichen, macht sich nun auf den Weg, Schritt für Schritt auf das Häuflein der anderen zu, sehr langsam, das Ende der Hundekette über den Boden schleifend.

Spielverderber

ruft ihm aus der Gruppe heraus entgegen: So beruhige dich. Ich muß das Spiel doch in Gang halten. Keine Wunderheilungen auf unserer Reise. Keine Billiglösungen durch Singspiel und Spiegeltrick. Unsere Wunden sind möglichst lange offenzuhalten. Dieses Reden in dir und mir ist ja nichts anderes als die Krankheit des Fragens. In uns die Fragezentren sind heutzutage krank. Sind in den Kopf gewandert. Können keine richtigen Fragen mehr bilden. Sind deshalb in unseren Köpfen ausgebrochen als die Pein des Geredes. Welches jede Frage erstickt. Welches die Herzen auffrißt. Welches mit uns aufräumen wird, wenn wir, statt von der Wunde abzulenken, ihr nicht auf den Grund zu gehen versuchen. Wenn wir nicht weiter mit Eifer und Zorn unsere Krankheit des Fragens erforschen. Denn es muß eine Ursache geben. Denn aus allen unseren Zufälligkeiten muß wieder eine Notwendigkeit werden.

Mauerschauer
übernimmt seine Rolle: Der Palast des Fragens muß neu aufgebaut werden. Die steinernen Standbilder der Fragen müssen Atem holen und die Ohren spitzen. Die Phantasie des Fragens darf nicht gefesselt bleiben. Der Frage-Kirschgarten darf nicht abgeholzt werden.

Parzival
setzt seinen Gang fort und beginnt die Kette zu schwingen.

Der Schauspieler
tritt vor, nimmt sich die Sonnenbrille ab und sucht Parzivals *Blick.*

Parzival *holt aus.*

Schauspieler
dreht ihm, nach einem Schritt hinter ihn, das Handgelenk, worauf die Kette zu Boden fällt, und im nächsten Augenblick Parzival *dazu.*

Der Alte
tritt sofort dazu und fesselt den auf dem Bauch Liegenden sachkundig.

SCHAUSPIELER
wendet sich ab, wirft die Sonnenbrille zu Boden und legt sich den Arm über die Augen.

SCHAUSPIELERIN
gesellt sich im Abstand zu ihm.

SPIELVERDERBER
in den Kreis, auf den Schauspieler deutend: Der hat sich seine Rebellion wahrscheinlich anders vorgestellt.

SCHAUSPIELER
bedenkt ihn mit einem Blick wie einen Feind.

SPIELVERDERBER
läßt sich auf das Messen ein.

MAUERSCHAUER
täuscht zur Ablenkung eine Betrachtung der Ferne vor.

DAS ALTE PAAR
hält einerseits dem SCHAUSPIELER *versöhnlich die Brille hin, andrerseits der* SCHAUSPIELERIN *den Spiegel: zweimalige Zurückweisung.*

PARZIVAL *tritt auf dem Boden um sich.*

Der Einheimische
erscheint. Er wirkt, durch die Feder am Hut und den Haselstock, jägermäßig gekleidet, hat den Stock auch geschultert wie ein Gewehr. Im anderen Arm trägt er eine kleine Birke samt Wurzelkiste. Er scheint die Gruppe nicht zu sehen und redet im Gehen hinauf zu seinem Baum.

Einheimischer
Hier sind wir. Hier sind wir zuhause. Du wirst es gut haben bei mir. Wir sind hier ganz hinten. Einerseits hinter den Dünen, andrerseits hinter dem Wald. Keine Wetterseite, die dich verkrüppeln wird, kein Wild, das dich verbeißen wird. Also kein Grund mehr zu zittern, Birke. Höchstens werde ich dir ab und zu ein Stück von deiner überschüssigen Haut abreißen und auf den Naturlinien die Briefe meiner ausgewanderten Kinder beantworten. Und du bekommst auch gleich Gesellschaft. *Er stellt die Birke neben die Kiefer und dreht sie so, daß ein Zweig des einen Baums sich mit einem des andern verzahnt:* Dein Lichtgrün in seinem Finstergrün, seine Magnetspäne durchflochten von deinen Herzblättern, deine Kätzchen sich reibend an seinen Zapfen, sein Sichbäumen zusammen mit deinem Erschauern, dein tausendblättriges Rauschen im Wechsel mit seinem einstimmigen Sausen. *Er geht in Betrachtung um das Baumpaar herum.*

Dann plötzlich tritt er wie mit der Maske eines Grundeigentümers hinter den Bäumen hervor, zielt mit dem Stock zum Himmel, wie um dort Vögel herabzuschießen, geht mit großen Schritten auf die Gruppe zu, wobei an seinem Gürtel ein Riesenschlüsselbund klirrt, und setzt zu einer Reihe von Tätlichkeiten an: stößt den daliegenden Parzival *gegen die Sohlen, treibt den nächsten zurück mit seinem Stock, konfisziert von den zwei* Alten *die von ihnen gehaltenen Gegenstände, rempelt die im Weg Stehenden gleichsam von seinem Grundstück.*

Parzival
hebt den Kopf vom Boden und schaut ihm zu, wie beruhigt von dem Schauspiel eines, der sich noch wahnwitziger gebärdet als er selbst.

Einheimischer
seine Szene mit einem Lächeln abbrechend, indem er die geballte Faust öffnet und daraus jedem zum Zeichen der Gastfreundschaft eine Beere anbietet, die konfiszierten Sachen zurückgibt und mit einer Verbeugung den Hut zieht – wobei ein Stirnverband sichtbar wird: Ich bin ein Einheimischer. Aber ich bilde mir nichts darauf ein. Ich starre nicht jedem Fremden entgegen mit der Drohung: Wehe, du grüßt nicht als erster. Ich äuge nicht durch den

Vorhangspalt, denn ich habe keine Vorhänge. Bei mir gibt es kein Warnungsschild vor einem Hund, der von seinem Herrn selber »böse« genannt wird. Ich habe kein Haus, nur einen Garten dort hinten in der Wildnis, mit einer Hütte dazu, die Tür so niedrig, daß ich mir immer wieder den Kopf anstoße. Man sieht es mir vielleicht nicht an, aber ich bin hier selbst ein Auswärtiger. Obwohl ich so gern Auskunft gebe, darf man mich nichts fragen, denn ich erkläre jeden Weg falsch. Wie oft schon, wenn ich im nachhinein die Verkehrtheit meiner Auskunft erkannte, habe ich mich vor der Wut der in die Irre Geschickten hinter die Büsche versteckt. Meine Frau hat mich verlassen, weil ich angeblich so fremd dreinschaue. Die Tochter ist ausgewandert, der Sohn bei der Fremdenlegion. Ich bin ein Einheimischer und entsetzlich ruhelos. Ich halte es daheim nicht aus und ziehe ziellos herum, und überall ist es falsch, und so schleppe ich mich wieder nachhause und verfehle regelmäßig die Abzweigung. Bei den anderen heiße ich »der wandelnde Atlas«. Das alles kommt daher, daß ich, fast noch ein Kind, in die Jugendstrafanstalt dort hinter den Bergen, nein, dort, oder dort?, gesteckt worden bin, für fünf Jahre, zwei Monate und drei Tage, wegen Totschlags an meinem Vater. Ich habe ihm im Schlaf mit der Hacke den Schädel eingeschlagen. Noch heute, wenn ich in der Zeitung von etwas Ähnlichem lese, hole ich in Gedanken wieder mit aus und sage: »Richtig!« Als ich aus dem Gefängnis heimkehrte, hatte ich keine Augenlider mehr. Und sie sind mir bis heute nicht nachgewachsen. Seht her. Um das zu verbergen, drehe ich bei jeder Begegnung den Kopf zur Seite und schaue woandershin. So heiße ich auch »Der Mann, der den Zügen nachschaut«, oder »Der Kinderschreck«. Nur vor Fremden senken sich manchmal wieder Lider, schön schwer und weich, herab hier auf die brennenden Augen. Von ferne, als ich euch sah, hatte ich Angst, ihr wärt Einheimische, und ich wollte schon umkehren wie vor wegelagernden Hunden. Dann aber erkannte ich in euch, wie heißt es doch?, eine kleine schickliche Schar von Fremden. Und woran erkannte ich euer Fremdsein? An euren gleichmäßigen Stimmen. Die Einheimischen hier sind entweder lauthals, oder sie tuscheln. Wann ist dieses Tuscheln ins Land gekommen? Gottlob, Fremde! habe ich gedacht. Euch zu begegnen, wie oft hat es mich schon zur Besinnung gebracht. Kein Herumirren mehr, kein Anschlagen der Stirn an der Oberschwelle, kein Zeigen in einen Norden, wo in Wahrheit der Süden ist. Horizont der gütigen, von der Weglust geweiteten Augen von euch Fremden. Auch wenn sie mich gar nicht ansehen: ein Zug von Farben, die sprechen. Sprache genug für mich – brauche kein Sprechen mit

Tieren und Pflanzen mehr. Meine Frau, wenn sie mich jetzt sähe, würde sich erinnern, daß sie mich einmal geliebt hat. Ihr Fremden seid mir vertraut, ich kenne euch alle. *Zum* ALTEN: Du bist der, von dem man sich immer wieder erzählt, du seist gestorben, und auf einmal tauchst du auf und suchst ein verlaufenes Kalb. *Zur* ALTEN: Du bist die, die ihrem Enkel ein Eis kauft und daneben selbst einen ganzen Becher aufschleckt. *Zum* MAUERSCHAUER: Du bist der, der es immer so eilig hat, seine Begeisterungen mitzuteilen, daß er sie im stillen schon immer wieder geäußert hat und vor den andern dann den rechten Moment nicht mehr findet. *Zum* SPIELVERDERBER: Du bist einer, der den andern das Böse möglichst in das Gesicht sagt, und in ihrer Abwesenheit sie nach Kräften hochhält. *Zum* SCHAUSPIELER: Du bist der, der sich immer hat unsichtbar zaubern wollen und dessen Anblick dann einen jeden sofort zum Freund oder Feind macht. *Zur* SCHAUSPIELERIN: Du bist die, von der ich nichts sagen darf, außer daß du vielleicht keine bist, an der schon der Tonfall oder die in die Hüften gestützten Arme den Beruf verraten. *Er beugt sich zu* PARZIVAL: Nur von ihm kann ich gar nichts sagen. Oder doch: von seinem Scheitelwirbel. Mein Sohn in der Fremdenlegion hat diesen Wirbel nicht mehr, der Soldatenfriseur hat ihn weggestutzt. Und auch der Ehrgeiz der Einheimischenfriseure ist es, diese Widerspenstigkeiten zu glätten und zu überdecken. Nur manchmal, wenn zum Beispiel ein Schulbus vorbeifährt, am besten am Übergang von der Straße auf die Brücke, wo dann durch den ganzen Bus für einen Moment ein einziges Aufhüpfen von Haarwirbeln geht, sehe ich noch diese dunklen Herzen der Welt aufleuchten. Eine neue Menschenkunde sollte bei diesen Wirbeln beginnen. Friseure, was habt ihr mit unseren Haarwirbeln gemacht, unseren letzten Indianerfedern, unseren angeborenen Judenkappen. *Er entkettet* PARZIVAL, *hilft ihm auf die Beine und führt ihn hinten an eine Stelle der Bühne, wo sie als Rampe hinausläuft ins Leere. Dort stampft er auf: ein metallisches Dröhnen, wie von einer Brückenwaage, dazu das entsprechende Schwanken.* PARZIVAL, *dort alleingelassen, wird sichtlich vom Untergrund hin und hergewiegt. Der* EINHEIMISCHE, *der in seiner Nähe bleibt, fordert mit einer Geste von den anderen Stille: ein tiefes Schwirren und Klingen wie von Schienen, auf denen ein Zug sich nähert. Ohne sichtbar zu werden, dröhnt dieser dann vorbei, und ihm nach kommen Fetzen von Papier und Zeitungen auf die Bühne geflogen, während das sonore Klingen noch anhält. Wie in Erwartung einer Fortsetzung stampft* PARZIVAL *auf der Brückenwaage auf und ab, wobei er sich fragend umblickt nach dem Einheimischen.*

EINHEIMISCHER
Beruhige dich, Kind. Dort hinten kommt bald der nächste Zug.

PARZIVAL
macht sich sofort dahin auf den Weg, fordert die andern mit einer Kopfbewegung auf, ihm zu folgen. Wie ungeduldig wartet er, daß sie sich sammeln. Das tun sie gemächlich, zugleich mit einem Aufschwung von Übermut. Die ALTE FRAU *löst sich das Kopftuch und bindet es der jungen* SCHAUSPIELERIN *um, welche ihr dafür die Tasche abnimmt; der* ALTE MANN *setzt* PARZIVAL *seinen Hut auf und sich selber des* SCHAUSPIELERS *Sonnenbrille.* PARZIVAL *und er, die Hand auf der Schulter des Jungen, bilden die Spitze des Zuges, der sich nun, auf den tiefstmöglichen, langsichhinziehenden Einton einer Riesenmundharmonika, vom* EINHEIMISCHEN *aus seinem Wams gezaubert, bedächtig in Bewegung setzt. Der Überseekoffer wird getragen von dem* SCHAUSPIELER *und dem* MAUERSCHAUER, *der eine am Griff vorn, der andre hinten. Der einzige, der noch zögert, ist der* SPIELVERDERBER.

MAUERSCHAUER
einmal nach vorn, einmal zurück zum SPIELVERDERBER *blickend und, was er in der Ferne sieht, mit*

dem ganzen Arm nachzeichnend: Schau, dort hinter dem Wald das Spiegellicht. Und weiter dort, hinter dem Hügel, der frisch sich wölbende Himmel: Blau, Blau, und noch mehr Blau! Und weiter dort, hinter der Paßscharte, der Aufwind aus der Heimat des Fragens. Und weiter dort, hinter dem Fluß, der Schwemmkegel mit dem dunklen Fleck, der ein Eichenhain ist und bei unsrer Ankunft neu dröhnen wird wie das Orakel mittenhinten in Griechenland. So nähern wir uns langsam der Stille. Ohne die Stille dort hinten kein Bild. Und ohne das Bild keine Frage. Auf, seltsamer Freund, du wirst auf den Hinterwegen gebraucht. Empor das Herz! *Er zieht ein Buch aus der Windjacke und liest laut im Weitergehen:* »Am zwölften Tag des Fünften Mondes brachen wir von Misushima auf nach Hiraizuma, über Orte, von denen wir in Gedichten gelesen hatten, so wie Anehano-Matsu und Odae-bashi, doch der Weg schien kaum benutzt, außer von Jägern und Holzarbeitern. Weil wir nicht wußten, wo wir waren, verirrten wir uns und landeten in einer Hafenstadt namens Ishi-no-Maki...«

SPIELVERDERBER
zögernd im Aufbruch auf dem unsichtbaren Pfad, auf dem die andern in der Schräge langsam leicht aufwärtsziehen: Und das Spiegellicht, sowie wir

hinter dem Wald sind, wird ein schmutziges Grau sein. Und der Himmel hinter dem Hügel wird kanalrohrniedrig sein. Und der Fragewind hinter dem Paß wird mit unserer Ankunft augenblicks abflauen. Dafür Hunde, Hornissen und Schlangen. Und hinter dem Schwemmkegel vom Fluß werden die Schubraupen krachend und klirrend Tag und Nacht den Schotter abbauen. Ohren zu! – die ich im übrigen auch für ein noch und noch rauschendes Orakel nicht mehr hätte. (*Er sieht sich um mit seinem Flüchtlingsblick, und dann zu Boden:*) Nur kein Fernblick! Augen auf die Schuhspitzen beim Gehen. (*Er schaut wie erstaunt auf:*) Seltsam. Eigentlich freue ich mich! Ja, Freude, über das Unterwegssein. Aber es gibt doch keinen Grund zur Freude, oder? Daß ich mich im Moment freue, ist das nicht ein Zeichen, daß ich mir im nächsten Moment den Fuß breche, oder daß ein Jäger auf mich schießt? Freude: das heißt doch, gleich werden die Hiobsbotschaften eintreffen? – Und schon der bekannte Stich im Herzen: Strafe dafür, daß ich mein Wohlgefühl ausdrückte. Und schon ist die Freude vorbei. Und schau dir den Unglücklichen hier an: Also war es doch falsch, daß ich mich freute? – Seltsam, wenn mir nichts fehlt, dann fehlt mir etwas. *Sie gehen alle ab zu einem letzten Ton der Harmonika, zuletzt gebückt unter Kiefer und Birke hindurch, die ihnen dabei mit den Zweigen die Haare zerzausen.* PARZIVAL *nimmt den* ALTEN *auf einmal Huckepack.*

EINHEIMISCHER

ihnen nachblickend: Abgehen hieß früher sterben ... – Eigentlich keine schlechte Gesellschaft: Alle Generationen miteinander, Alte, Mittelalte, Junge, ein Fastkind. Ein Idiot, zwei Königskinder, einer, dessen Güte sein unverwüstliches Schauen ist, ein nützlicher Schwarzseher, ein im Wegeauskundschaften erfahrenes Landmenschenpaar. – Aber ein wie ungewisser Weg, und wie schwach sie sind, ohne Rüstung – und dabei wie beladen, sie alle! Wie schlingert ihr Schiff in unbekannten Meeren. Und wie unwillkommen ihresgleichen heute allüberall. Den Fragemenschen, den Forscher, werdet ihr heutzutage daran erkennen, daß er ein Flüchtling ist. (*Er streckt den Stock nach den Entschwundenen aus:*) Mögen sie – ohne es zu verleugnen – das Schwere verlieren und das Leichte gewinnen. Möge das Weitere ihnen leichter werden, und mögen vor allem sie selber sich leichter werden. Mehr Spiel auf ihrer Forschungsreise! Herzhaftes Spiel. Haben sie nicht gerade ihre Schonzeit? So mögen sie diese weiter nützen. Bel Pacific! Zeit genug! Weiter ins Hinterland mit ihnen! Und mögen sie vom Fragen immer wieder ausruhen dürfen. Nicht immer nur fragen. (*Indem er sich den Hut wieder aufsetzt, geht mit ihm eine Verwandlung vor sich. Der Stock erscheint wieder als Gewehr, der Schlüsselbund rasselt, im Wamsschlitz hinten blinkt ein Patronengurt. Mit veränderter Stimme:*) Sie, die Frage*wunden* – und ich, der Frage*tote*. Seit meinen fünf Jahren, zwei Monaten und drei Tagen im Jugendzuchthaus ein Fragetoter – und ein Fragetot. (*Er schlägt seinem Vater noch einmal den Schädel ein:*) Von mir werdet ihr keine Fragen hören, oder wenn, dann Scheinfragen. Ich kenne nur unnütze Fragen. Und ich hasse jeden Frager. Wir brauchen keine Frager mehr. Wir brauchen keine Träumer mehr. (*Wieder eine Verwandlung – in Panik:*) Wo bin ich? Fremde, zeigt mir den Heimweg. Oder seid ihr wieder nur die üblichen Einheimischen? Dann nichts wie weg! (*Ein Moment des Innehaltens:*) Alter Wanderpoet! Dein »Hauslos zwischen Himmel und Erde / Zwei Wanderer«, stimmt das denn noch? Geht ein Einsamer auch heute noch zu zweit mit seinem Gott? *Er rennt von der Bühne, zuerst in die eine, dann in die andere Richtung, und zuletzt ist von ihm noch der Krach zu hören, mit dem er irgendwo anstößt. Im Dunkelwerden fernes Hundegebell, und darüber eintönige Habichtschreie.*

3.1

Die Bühne ist um einen weiteren Kompaßstrich ins Hinter-Land gerückt. Das Baumpaar, zum Rand hin verschoben, steht dort inzwischen in Gesellschaft eines dritten Baums, etwa eines Wacholderkegels oder eines Holunders. Das Hinterland wird bezeichnet durch das Abgekehrtsein der Bäume und mehr noch der Gegenstände dahinter: des gleichsam letzten einer Reihe von Zaunpfählen, der Rückenansicht einer verwitterten Bank, eines Prellbocks wie am Ende einer Eisenbahnstrecke, eines verlassenen Grenzturms. Spätsommerlicht wie nah am Polarkreis. Großer Himmel, der die Dinge allseits umwölbt und ihnen klare und zarte Formen gibt. – Ins Licht dieses letzten Grenzlands treten nun, angekommen auf den Bahnschwellen, der MAUERSCHAUER *und der* SPIELVERDERBER. *In der Zwischenzeit sind sie beide die Träger des Überseekoffers geworden, den sie bei den Bäumen abstellen. Dem einen ist es wie immer zu warm, dem andern wie immer zu kalt, und sofort auch erkundet er den Ort nach den da möglichen Fluchtwegen.*

Mauerschauer

die Gegend nachziehend, und dann mit Blick auf den auswegsuchenden Spielverderber: Fühlst du dich immer noch nicht in Sicherheit?

Spielverderber

Im Augenblick ja. Aber allein das Gefühl von Sicherheit macht mich sofort wieder unsicher. Schon im nächsten Augenblick kann wieder eine dieser Pfeifen lostrillern. Meine Momente von Sorglosigkeit waren jeweils so selten, daß ich mich an jeden einzelnen von ihnen erinnere. Und diese Erinnerungen brennen wie eine Schuld. Einmal bin ich einfach querfeldein gegangen und habe mich für einen Moment Sorglosigkeit nicht nur wohl, sondern sogar in der Landschaft willkommen gefühlt, und schon ist brüllend ein Riesenhund auf mich losgeschossen, und von der anderen Seite gleich noch einer. Recht so! habe ich mir gedacht, und nur die Ruhe dieses Recht so! hat mich dann gerettet. – Nein, das Fluchtwegwittern steckt mir im Blut, es ist meine Art von Geistesgegenwart.

Mauerschauer

Auf mich dagegen wirken die Momente von Sorglosigkeit als ein Freisprechen. Sorglos sein, heißt für mich: Ich darf sein – auftreffen mit dem Blatt auf der Erde, herumpicken mit den Spatzen im

Kies, grünen mit dem grünen Gras, durchscheinen mit dem durchscheinenden Schnee. Gebet des Daseins, bestehend einfach im Dasein, hier, jetzt – solange Friede ist. Mein Recht so! ist das Gegenteil zu dem deinen: »Ich habe noch kein Buch angeschaut, und der Morgen sagt: Recht so! Ich denke an nichts als den Morgen, und die Amsel sagt: Recht so!« Sorglos, stecke ich im Vorbeigehn den Kopf in einen Wassertrog oder trete barfuß in eine Kuhflade. Aber das Übel der Übel ist für mich die Sorge. Fahlblitz, der mir das Herz abwürgt. Wurmfraß in meinem Innern, der mir die Freude verdirbt – Hirnwurm. – Wie ist das bei dir? Kann ich dich das überhaupt fragen?

SPIELVERDERBER
Mich kannst du leider alles fragen. Dabei wäre ich doch so gerne der eine, von dem immer gesagt wird: Den kann man nichts fragen ... *Wie in einem Ausbruch:* Ja, verfluchte Sorge! Sie hat mir das Leben vergiftet. In mir siehst du den Sorgenknecht. Kaum ist einer der meinigen abwesend, schon befällt mich die Sorge um ihn, und mit mir ist nichts mehr anzufangen. Kurzerhand gehe ich sozusagen vom Spielfeld, werfe die Figuren um, lege mitten im Spiel, weit und breit keine Gefahr eines Schachmatts, meinen König um und gebe auf. Für mich ist die Sorge verkörpert in jenem Schmetterling, mit den

dunklen Punkten auf den Flügeln, für dessen Auftauchen damals bei den Kinderspielen die Regel galt: Spiel aus!, und der bei uns »Spielverderber« hieß ... Verdammte Sorge! Sie ist die Schwäre in mir, die nicht aufbricht, sondern nur immer weiterschwärt, seit meiner Vertreibung aus dem Paradies. Ob ich immer noch dort wäre, hätte unser Stammvater auf die erste überlieferte Frage der Menschengeschichte: Wo bist du ...?, statt wie bekannt zu antworten, einfach wie unser Mitreisender die Hundekette gezogen und gegen das Fragen seinen Krieg angefangen? Moloch Sorge: Oft wünsche ich mir einen Krieg oder eine Krankheit oder sonst einen Ernstfall, damit ich endlich einmal sorgenfrei würde. Krankheit des Lebens: die Sorge. Sorge, meine unfruchtbare Unruhe. Und auch kein Unterschied zwischen falscher und richtiger Sorge: Die Sorge selber ist falsch. Heilige Kümmernis, Nothelferin: Nimm endlich die Sorge von mir. – Wo nur die andern so lange bleiben?

MAUERSCHAUER
Ob die beiden Alten überhaupt Schritt halten können?

SPIELVERDERBER
Ob sie uns nicht zusammenbrechen, und wir müssen auf halbem Weg umkehren?

Mauerschauer
Und ob wir schnell genug welche fänden, die für sie einsprängen?

Spielverderber
Und ob das junge Paar aus dem stillen Hinterland hier sich nicht schon längst dorthin wegsehnt, wo es im Moment – gerade die Stille verstärkt ja solch ein Gefühl – sicher hoch hergeht, und wo sie auf den Weltstadtplätzen vorführen können, wie schön sie zusammen sind?

Mauerschauer
Und wenn unsre Kinder jetzt mutterseelenallein, aus Verzweiflung längst stumm, dort in der Wildnis herumirren?
Sie rufen in alle Richtungen, immer lauter. Endlich werden ihnen, wie aus weiter Ferne, die Rufe zurückgegeben.

Spielverderber
Und wenn das nur unsere Echos waren?

Mauerschauer
ablenkend: Schau, wie schön dort: über der roten Erde der gelbe Ginster.

Spielverderber
Sicher Stechginster. *Ohne aufzublicken:* Was siehst du noch?

Mauerschauer
Dort die Distelräder, die im Wind durch ein Wüstenstück rollen. Und dort die Tangräder, die über einen Sandstrand rollen.

Spielverderber
Nur Wind und Welkes und Totes. Ist denn nirgends ein Lebenszeichen?

Mauerschauer Die Fichte dort, sie lebt!

Spielverderber
Die hat man sicher nur gepflanzt, um sie sterben zu sehen.

Mauerschauer
Aber sag, ist das nicht schön: die Zwillingsbäumchen im sonst ganz leeren Garten, die Stämme im genau richtigen Abstand für einen späteren Durchblick hinten zum Horizont.

Spielverderber
Seltsamer Verklärer: genau richtig ist ihr Abstand doch viel mehr für die spätere Hängematte. Und

immer deine Natur. Siehst du denn nirgends ein Lebewesen, etwas Laufendes, Springendes, Tanzendes?

MAUERSCHAUER
Dort am Strand die zwei spielenden Hunde. Und wie schön können Hunde spielen, so schau doch, wie wahrschön! Da hast du deinen Tanz. Im Kreis und zugleich immer weiter, rund um die Erde. Schau, der eine jetzt die Pfote auf dem Kopf des andern, und jetzt paarweise wieder weiter, im Rauchlicht der Brandung, von Klippe zu Klippe tänzelnd. Verkörpern sie denn nicht alle Daseinslust auf der Erde?

SPIELVERDERBER
Ich sehe nur ein Gehetztsein. Zwei Herumstreicher. Überall verjagt. Verwahrlost vor Alleinsein. Und wenn ihre Spielzeit vorbei ist, in den Augen statt der Daseinslust alle Traurigkeit auf der Erde. Das dort sind unsere Ebenbilder, mit Schlappohren statt Lauschern!

MAUERSCHAUER
Aber schau doch, die Mitternachtssonne. Die Inseln im Strom. Das Wacholderland. Ist es denn nicht auch für dich schön hier? Schönheit als Möglichkeit, Schönheit als Vollzähligkeit?

SPIELVERDERBER
Ja, vorderhand noch ist es so schön. Schön wie an letzten Tagen. Aber was kommt dann? Stell dir einmal vor: die ganze Zeit hier. Der Winter, der Frost, der Schnee ...

MAUERSCHAUER
Wie ist es schön, wenn es schneit: auf die Stirn, die Lippen, den Puls.

SPIELVERDERBER
Der Zug, in dem wir unterwegs sind, wird stekkenbleiben. Die Heizung wird ausfallen ... Und immer nur deine Tiere. Siehst du denn nirgends die Spur eines Menschen?

MAUERSCHAUER
blickt durch ein Theaterglas: Dort, ein Kind. Es beißt im Gehen von einem Stück Brot ab.

SPIELVERDERBER
Schluß mit deinen Kindern. Es gehört sich nicht, von ihnen zu reden. Sie wollen es selber nicht. Und außerdem gibt es heutzutage keine Kinder mehr. – Weit und breit kein Erwachsener?

MAUERSCHAUER
Dort ein Wanderer, mit einem Loch in der Socke.

Spielverderber
Schon wieder nur ich. Schon wieder ein Einsamer. Siehst du denn nirgends mehrere zusammen, nicht unbehaust, sondern mit einem Dach überm Kopf – wenn das auch mit Sicherheit tropfen wird ...?

Mauerschauer
Dort hinter dem beleuchteten Fenster: sogar viele, Kopf an Kopf. Sie blicken alle verzückt in die Höhe, wie Zeugen einer Himmelfahrt.

Spielverderber
In den Gasthäusern stehen die Fernseher doch immer so erhöht. – Und jetzt endlich herbei mit den zwei Liebenden – obwohl die mir heutzutage kaum vorstellbar sind: die üblichen falschen Paare, zum Schein völlig versunken, werden immer wieder kurz die Augen aufmachen und um sich schielen nach Zeugen für ihre Darbietung ...

Mauerschauer
Dort sind zwei richtige. – Und mit ihnen wiegt sich die Welt.

Spielverderber Ja, vorderhand noch.

Mauerschauer Und wie schön sie lachen.

Spielverderber
An ihrem Lachen sieht man schon ihr baldiges Weinen. *Er nimmt dem andern das Glas weg:* Unbewaffnetes Auge! Und nicht immer nur die Ferne. Was siehst du auf dem Weg zu deinen Füßen?

Mauerschauer
Eine Jakobsmuschel. Die Muschel der Pilger.

Spielverderber
Es gibt doch nur noch falsche Pilger, organisiert, motorisiert, klimatisiert, desinfiziert. Und schon seinerzeit waren die echten Wallfahrer bald in der Minderheit. Mit dieser Muschel getarnt, mischten sich von Kreuzweg zu Kreuzweg mehr und mehr Räuber unter sie, raubten sie aus und schlugen sie tot, bevor sie ans Ziel kamen.

Mauerschauer
Pilger hin, Pilger her: Schau doch die Muschel selber, das Ding – ist es nicht schön? Spürst du nicht auch, wie erst vor solcher Schönheit das Herz in dir Herz wird?

Spielverderber
Das war einmal. Inzwischen sehe ich kein Ding mehr, sondern ein Tankstellenzeichen. Und wenn

noch ein Ding, dann einen möglichen Aschenbecher. – Und was siehst du sonst auf unserm Weg?

MAUERSCHAUER Einen gerillten Nagel.

SPIELVERDERBER
Das ist doch ein vertrockneter Wurm. In der Kindheit für mich der Beweis, daß es keinen Gott gibt. – Und was ist das?

MAUERSCHAUER Schneckenspuren, silbrig.

SPIELVERDERBER Todesspuren. – Und was noch?

MAUERSCHAUER
Eine Vogelfeder, schwarz, mit sechs weißen Punkten, in der Form der Sechs auf einem Würfel.

SPIELVERDERBER
Und die Feder steckt in einem Kadaver, staubgrau. – Und das ist nun, ich habe mitgezählt, schon das dritte Vogeljunge allein auf diesem Wegstück. Die Augen noch geschlossen, der Körper nackt bis auf diesen Federansatz. – Und das ist auch der Unterschied zwischen uns beiden: Ich sehe zuerst die Zeichen des Unglücks und Unheils, und du siehst nichts als die auf deinem Weg verstreuten schönen

Federn. Mauerschauer nach dem Schönen, holst dir früher oder später an Leib und Seele die Niednägel. Du und dein Schönes. Wird man von solcherart Schauen nicht dumm?

MAUERSCHAUER
Ja. Aber gesund dumm. Entwaffnend dumm. Zwischendurch war ich einmal klug, geradezu krank vor Klugheit und Wissen, aber durch mein Schauen bin ich wieder so dumm, begriffsstutzig und sorglos geworden wie als Kind. Gelingt mir mein Schauen nach dem Schönen, so atme ich neu die Luft des Geburtstags. Die Welt ist in diesem Fall ich. Ist das mit dir denn anders?

SPIELVERDERBER
Und in dem Augenblick, da du der Kielgischt der Wolken nachschaust, frißt in der Atmosphäre ein Chloratom ein Ozonmolekül auf, wird aus einem anderen Himmel das Passagierflugzeug abgeschossen, verröcheln unter wieder anderm Himmel, bei Ausbleiben des Engels für die Heimbegleitung der Seelen, die Tausende, von denen es in der Todesanzeige zuerst heißt »Heiter entschlafen« und gleich danach »Tief betrauert«. Deine Art Schauen, heißt das nicht Vereinsamung, im Sinne von: Für nichts mehr in Frage kommen?

Mauerschauer
Gelingt mir das Schauen, bin ich nicht mehr allein. Das Schöne gibt mir den Blick zurück, es redet zu mir und bringt mich zum Reden. Ich kenne kein menschenwürdigeres Zwiegespräch als das mit der Schönheit. *Beiseite:* Ich weiß, ich spiele eine undankbare Rolle. Aber einer muß sie ja spielen.

Spielverderber
Schaumensch und Schönheit, das große Lügenduett.

Mauerschauer
Im Gegenteil: Entdecke ich die Schönheit, macht sie mich für den Augenblick wahr. Ich will ja nicht schauen, es kommt zum Schauen. Einmal bin ich im Schlaf gestorben. Plötzlich grünte es vor meinen Augen. Ah, dachte ich, das Grünen: Ich bin also noch am Leben, das Totsein war nur geträumt.

Spielverderber
Das sind die Bilder, wie man sie sich für die Sterbestunde wünscht, und die dann wahrscheinlich ausbleiben. *In einem anderen Spielton:* Das einzige, was mich je wahrmachen hätte können, wäre eine Frau gewesen. Durchdrungen vom Am-Leben-Sein wurde ich nie von dem plötzlichen Grün-Werden vor meinen Augen, sondern vom plötzlichen Frau-

Werden. *Wie als Antwort auf eine stillschweigende Frage des Gegenübers:* Ja, es war einmal schön, Mann und Frau zu sein. Kein schöneres Gegenüber als eine Frau. Wie ruhig. Wie ernst. Wie edel. Wie feierlich. Das gegenseitige Leuchten, ohne Zutat. Wann war das? In welchem Jahrhundert? – Auch wahr: Diese Sorge wenigstens bin ich los. Diese Flucht zumindest ist mir gelungen. Fürs erste jedenfalls. Das Schlimmste steht mir vielleicht noch bevor. – Geflüchtet bin ich jeweils aus Feigheit, und geblieben aus Trägheit. – Ich glaube, ich war dem Ernst der Frauen auf die Dauer nicht gewachsen. »Kannst du ernst bleiben, so bist du mein Mann.« Und ich wurde in den entscheidenden Momenten unernst. Drohte es mit einer Frau ernst zu werden, so bin ich sofort geflüchtet. Wer die Sehnsucht der Frauen erfährt, was kann der anderes sein wollen als ein Flüchtling? Nur dem Ernst des Fragens bin ich gewachsen, nicht aber jenem der Frauen. Die Frauen habe ich mir sozusagen verscherzt, für immer. Ja, gottlob. Diese Schreie wenigstens habe ich hinter mir. Hoffentlich. – Ist dir nicht aufgefallen, daß Frauen es vermeiden, Fragen zu stellen, die eine Antwort erfordern. Wissenschaftlich erwiesen! – Dafür war ihr ganzes Dasein jeweils ein ständiges Auffordern an mich, doch in Frage zu kommen. Wo sie auch auftraten, warteten sie inständig auf den, der in Frage käme, und wer das nicht tat oder sich nur den Anschein gab, von dem wendeten sie sich sofort mit Verachtung ab. Hast du dich aber entschlossen, in Frage zu kommen, so beginnt die ernsteste Liebesgeschichte der Welt. – Ja, es ist gar nicht so einfach, zugleich lebendig zu sein und nicht mehr in Frage zu kommen. In Frage kommen ist wie ein Sichschmücken, ohne besonderes Schmuckzeug. Und du hast in Frage zu kommen und dich zu schmücken! Nicht mehr in Frage zu kommen, heißt verwahrlosen. – Nein, kein Bedauern. Nur weh mir, daß es mir immer noch den Kopf herumreißt nach diesem Geschlecht der falschen Versprechungen, nach all diesen Brüsten, Hüften und Beinen, daß es beim Anblick einer Schönen in mir immer noch einen Bogen hin zu ihr macht. – Hieß es nicht einmal: Durch deine Augen werde ich geheilt? Aber heutzutage hält dort in den Augen meinen Blick nichts mehr, eine Hüfte hat da oft mehr Form, ein geädertes Knie oft mehr Ausdruck. – Und warum kommen wir nicht mehr in Frage, ich nicht, und du auch nicht? – Du bist ein Einsamer, der seinen Augengarten pflegt, und auf diese Weise nie zu der dramatischen Person werden kann, die gefragt ist. Gefragt ist »mein Held!« Und ich als Flüchtling bin zwar am Anfang gefragt, aber auf die Dauer ist das doch allein der Sieger. »Mein Held!« und »Mein Sieger!« – Aber möchte ein Mensch – außer vielleicht im Sport – denn irgendwo der Sieger sein? Und warum kommt es mir vor, als würden dabei Männer und Frauen einander insgesamt immer fremder werden, und als gäbe es keine Liebesgeschichten mehr? Warum dünkt mir, zu sitzen und eine müde alte Fliege anzublasen, ein besseres Zusammensein als das mit einer Frau? Warum sind die Frauen nicht mehr, wie früher, die besten Feinde der Feinde, sondern entpuppen sich immer wieder als die schlimmsten Feinde von uns selbst? Warum verdächtige ich inzwischen die Frauen als die Bösen, die Verdorbenen? Aber gab es denn nicht schon seit jeher das Sprichwort: »Nordwind, die reinste Frau«? Oder das Sprichwort: »Der Traum ist eine Welt, und eine Frau ist eine Frau«? Oder: »Ein Haufen von Kindern ist ein Haufen von Augen, und ein Haufen von Frauen ist ein Haufen von Frauen«? – Ja, ich verstehe die Frauen nicht mehr. Aber war das nicht immer so? Ja, nur war früher das Nichtverstehen eine Art Anstaunen, ein wunderbares: »Sag, wo kommst du denn her?« Und jetzt? Wenn sich überhaupt noch eine mir zuwendet, dann höchstens, um mich anzuschreien: »Du verstehst nichts! Du verstehst überhaupt nichts!« Ist es, weil die Frauen heute eine ganz andere Sprache sprechen als ich: Wir und sie hätten danach dieselben Wörter, die aber bei ihnen einen Sinn angenommen hätten, der mir entgeht? Was ist das heutzutage, eine Frau? Was will diese fremde Truppe eigentlich? Warum sind sie so anders? Warum weiß ich zwar von Männern mit Sehnsucht nach Reinheit, nicht aber von Frauen? – Und doch: Wenn ich mich je ganz fühlte, warum immer nur mit einer aus dieser furchtbaren Körperschaft? Ohne Frau aber: ganz unvollständig. Erinnerung ans Infragekommen: Eine Riesin stand vor mir, und ich wuchs zu ihr auf, worauf wir miteinander zu Boden sanken. Erinnerung an den Moment des Nichtmehrinfragekommens: Aus dem Nichts wuchs ein Untier auf und fiel mich an.

MAUERSCHAUER
Was mich angeht, so bin ich glücklich verheiratet, auch wenn ich in den Armen meiner Geliebten manchmal den Todesschweiß schwitze.

SPIELVERDERBER
in der Rolle des andern in die Ferne schauend und staunend: Schau dort, wie schön: einmal ein echtes Paar.

MAUERSCHAUER
Woran erkennst du das?

SPIELVERDERBER
An seinem Zaudern. An der gegenseitigen Scheu. Nie habe ich verstanden, warum Hamlet unter sei-

nem Zaudern so gelitten hat. Aber der hat dabei ja auch nicht geliebt.

MAUERSCHAUER
in der Rolle des andern: Aber sind das nicht die zwei unsrigen? Und ist bei denen die Scheu nicht bloß gespielt?

SPIELVERDERBER
in der Rolle des andern mit einer Art Handtanz das ferne Paar nachziehend: Scheu kann man nicht spielen. – Und mir scheint, sie sind noch immer am Anfang. Gut so!

MAUERSCHAUER
Die Frauenliebe, dein Wahn. Ganz, wie du sagst, fühlte ich mich nie angesichts einer Frau, aber immer wieder angesichts eines Baums. Vor der Frau: kleine Augen. Vor dem Baum: große Augen. Vor der Frau: Wie wird es weitergehen? Vor dem Baum: Ganz Auge, ganz Ohr, ganz da – die Ergänzung.

SPIELVERDERBER
wieder in seiner Rolle: Wenn ich dieses Wort schon höre: »Baum.« »Der Baum des Lebens.« »Der Baum der Erkenntnis.« »Der Baumliebhaber.« »Die Seite für den Baumfreund.« – Los, fang an mit

deinem Lob der Bäume. Was ist zum Beispiel dran an der Linde dort?

MAUERSCHAUER
Ihr Blütenduft belebt mich bis in die Lungenspitzen.

SPIELVERDERBER
Mir schmeckt er chemisch wie ein Haarshampoo, vermischt mit dem Gestank von Katzenpisse.

MAUERSCHAUER
Ihn möglichst tief einatmend, erwarte ich mir ein Märchen für diese Nacht.

SPIELVERDERBER
Also einen ein wenig sanfteren Alptraum?

MAUERSCHAUER
Ja, aber das ist die Nuance, auf die es ankommt.

SPIELVERDERBER
Und die klebrigen Blätter?

MAUERSCHAUER
Das ist Honig. Der Baum dröhnt von Bienen, Ideal-Rakete zum Himmel.

Spielverderber
Was für ein Himmel? – Totgestochener Imker. – Und die Rinde so weich: ideal nur für Wahlplakatnägel. – Und jetzt zum Kirschbaum dort.

Mauerschauer
Das Kind in der Krone als Baumkönig, die Kirschen von den vorbeiwehenden Zweigen gepflückt mit dem Mund.

Spielverderber
Und unten am glatten Stamm auf halber Höhe verklammert, nicht vor noch zurück wissend, das andere, das Breitarschkind, ich.

Mauerschauer
Schau aber den fellschwarzen Schatten der Zeder, deinen Zufluchtsort.

Spielverderber
Ein Schatten, in dem es, unter den Fuchsschwanzästen mit den luftundurchlässigen Nadeln, brutheiß ist, heißer als draußen im Freien: keine Blume kommt darunter auf.

Mauerschauer
Aber der luftige Schatten der Pappeln dort!

SPIELVERDERBER
Kein Schatten, sondern ein Flimmern, in meinem Gesicht herum wie ein Insekt. Pappellicht: Entfernungsverzerrlicht, Autozusammenstoßlicht. Und das Rauschen des Pappellaubs: so hoch oben, daß niemand es hört. Was für eine Sinnlosigkeit.

MAUERSCHAUER
Aber die grünwogenden Zypressen dort, mit den hüpfenden Zapfenlichtern: gibt solch ein Anblick nicht einen Sinn?

SPIELVERDERBER
Sowie du dich da verstecken mußt und dich hineinzwängst: im Innern dicht auf dicht, nicht zu verbiegen, die Kerkerstangen, und am Boden deiner Zelle das stinkende Vogelaas.

MAUERSCHAUER
Aber gegen den kleinen Maulbeerbaum dort wirst du doch nichts sagen können, den Wegrandbaum von uns Reisenden, dornlos, ewiger Frühlingswindschatten, die Saftbeeren überall in der Reichweite, im Wind dir sogar von weitem entgegenfliegend, der löchrige Stamm das Versteck für die Nachtigallen?

SPIELVERDERBER

Ja, der Maulbeerbaum: läßt seine schwammfeuchten Früchte beim kleinsten Luftzug schon fallen wie seinen Dreck, mit dem entsprechenden Aufklatschgeräusch, und sowie der Reisende auch nur die Hand ausstreckt nach einer einzelnen Beere, fallen ihm mit dieser gleich drei andre entgegen, und alle durch die Finger, und alles, was ihm von ihnen bleibt, sind die Flecken auf dem Gewand. Und mal dir dazu noch das nachtlange Geträller und Geschluchze der Nachtigallen in den Ohren eines schlaflosen Flüchtlings aus.

MAUERSCHAUER

Aber siehst du nicht wenigstens, wie vor dem Grau all der Baumstämme die Köpfe der Vorbeigehenden erst eine Gestalt annehmen? Wie das Licht dieses klaren vielfältigen Grau den Passanten erst die Gesichter zeichnet?

SPIELVERDERBER

Ich sehe an den Stämmen nur die Einschußlöcher, und das klare vielfältige Grau als die Gehirnspritzer der davor Erschossenen.

MAUERSCHAUER

Bereich eines Baums, besonderer Ort. Anderer Boden, anderes Licht, anderer Schall.

Spielverderber
Ja, Bereich eines Baums, Sammelort für den Abtransport. Und der andere Schall kommt vom Ast, der deinen Freund erschlägt. *Er nimmt die Jakobsmuschel, läßt sie fallen und zertritt sie, und schlendert dann, nach einem Moment jäher Feindschaft, wie er vielleicht nur zwischen Vertrauten ausbrechen kann, pfeifend ab in die Gasse.*

Mauerschauer
allein: Widerwärtiges Gepfeife. Aber wie heißt es?: Wer weiß, ob der Pfeifer damit nicht einen geheimen Kummer verbirgt? – Muschel, bist wieder nur Kalk. Nichts mehr in der Hand. Recht so. Ich gehe ohnedies am liebsten mit freien Händen. – (*Wie ein Ausbruch:*) Ah, daß ich immer spielen muß! Einmal aufhören dürfen zu spielen. (*Er geht an der Rampe auf und ab:*) Auch die Art meines Gehens ist gespielt. (*Er steht:*) Nicht einmal stehen kann ich, ohne zu spielen. Dabei meine Sehnsucht nach dem Ernst! (*Er räuspert sich – gespielt. Hustet – gespielt. Schließt die Augen – gespielt.*) Aber wobei war ich je ernst? Im Teilnehmen. Und wodurch nahm ich je teil? Durch mein Schauen. (*Er schaut: gespielt.*) Ich kann nicht mehr schauen. Trockene Augen. Was ich sehe, sagt mir nichts. Ich könnte es höchstens aufzählen. (*Er denkt nach – gespielt.*) Himmel, m u ß ich denn spielen? Dabei weiß ich,

daß ich einer bin, der es nie lernen wird, gut zu spielen, daß mein einziger Weg das Nichtspielen ist. Also lesen! Zwar gibt die Wissenschaft dem Volksmund recht, Lesen verderbe die Augen, aber ich habe es anders erfahren. Kein beweglicheres und schärferes Schauen als durch das Lesen. Ganz Auge. Hervor, Buch, Frucht und Keim des Lichts! (*Er zieht das Buch aus der Jacke:*) »Ruhige Frühlingsnacht im leeren Gebirge ...« (*Er kommt über die Zeile nicht hinaus, versucht es mit einer andern:*) »Im leeren Gebirge der Mensch ohne Form ...« – Ich kann nicht mehr lesen! Kein freies Genügen geht mehr über von dem Buch da auf mich, sondern der Wespenschwarm des Geredes. (*Blick durchs Theaterglas:*) Kein rauschender Hügel mehr – nichts mehr bewegt sich. Und wie es sich fügt, und wie immer, wenn ich von meinem Ziel abgerate, steht dort auch schon die Verfolgergruppe, nach außenhin fast wie die unsre, nur daß mich alle zu beobachten scheinen, nicht mit so einem kleinen Ding hier, sondern mit regelrechten Feldstechern, und im Visier nicht mich, sondern dieses mein Buch, wie etwas sehr Verdächtiges: als sei dieses Buch eine von mir gerade ausgegrabene unkrepierte Granate aus dem letzten Krieg. Wie ging dabei doch mein Traum von uns allen? Wir saßen miteinander in einer Lichtung, ein jeder vertieft in ein Buch, frei nach dem Vers: »Ich habe treu gelesen.« Und jetzt ist die Zeit des Lesens also vorbei? Ich, der ich nichts mehr hatte als das Buch, habe nun auch das Buch nicht mehr? Habe keine Zukunft mehr? – Aber was war es doch, das Lesen? – Etwas wie das Sich-Regen des einzelnen Blattes im Mittelgrund: der bewegliche Mittelgrund. Das Vermittelnde zwischen Allzunah und Allzufern. – Und was ermöglichte das Lesen? – Das absichtslose Schauen, in dem ein Ding alle vertrat. Die Abwesenheit, in der ich umso mehr da und dabei war. Lesen und Vorhandensein! Ganz Auge und Ohr! – Und auf was ging deine Sehnsucht des Lesens? – Auf die Erlösung von den Spiegelbildern, durch den Eintritt in das Eine Bild. – Und hattest du je ein Bild von dem Einen Bild? – Ja, jenes Gemälde mit dem Buch, von dessen Mitte durch den Luftzug der Ankunft des Engels der Verkündigung eine Seite aufstand. – Und jetzt bleibt dir demnach nur noch das Spielen? Wie wäre es ohne das Spielen? (*Pause.*) Unvorstellbar. Der Zusammenbruch. – Noch ein Versuch! (*Er wird, ohne Spielen, zum Idioten, ermannt sich:*) Aber ist dieses Spielenmüssen nicht zugleich meine Chance, ganz der zu werden, der ich bin? Vollkommenes Leben: gelänge es mir nur, indem ich mich spielte? »Endlich kann ich mich spielen – kommt und seht mein wahres Gesicht?« So ein Durcheinander! *In diesem Augenblick poltert der* EINHEIMISCHE *auf die Bühne, im Kostüm eines*

Bühnenarbeiters, im einen Arm eine Tamariske, mit der andern Hand eine leere Kabelspule rollend. Er hat ein Auge verbunden, streift dem MAUERSCHAUER *beim eiligen Abstellen seiner Requisiten ans Buch, tritt ihm auf die Zehen und ist wieder verschwunden. Anprall in den Kulissen, Wehlaut, Fluch.*

MAUERSCHAUER
langsam abgehend: »Linde« – wenn ich dieses Wort schon höre, ein richtiger Weibername. – Und die Ulmen, mit ihren schlappen Elefantenohrblättern: »Begierde unter Ulmen«, wie hast du nur jemals so etwas glauben können? – »Ruhiger Frühling?« Meine Vorstellung bei Frühling: Nun kommt wieder die Mückenzeit, und für die Pferde die Fliegenzeit ... (*Kurzes Innehalten; staunend den Kopf schüttelnd:*) Schauen geht wieder – mit dem Spielverderberblick! Ob auch das Lesen ? Jedenfalls ist er gesund und tut gut. – Ich glaube, das einzige, was ich nie spielen mußte und nie werde spielen müssen, ist der Schrecken. Oder werde ich auch im Sterben noch spielen müssen? Werde ich auch bei meiner Hinrichtung noch spielen müssen? Habe ich schon als Neugeborener spielen müssen? Was für ein Durcheinander. Kommt, Kinder, helft mir, nicht zu spielen. *Ab.*

3.2

Um einen Meridian weiter im Hinter-Land. Alle Gegenstände im Bühnengrund sind noch da, nur ein wenig im Kreis verschoben, und es ist noch einiges dazugekommen, nicht bloß Bäume, dickere, höhere, sondern zum Beispiel auch ein alleinstehendes Hintergatter, ohne Türgriff, ohne zugehörigen Zaun, obenauf ein vom Zuschauerraum abgewendetes lebensechtes Taubenpaar. Auf der sonst leeren Spielfläche, die etwas von einem Wiesenland hinter einem ehemaligen Park hat, ein sozusagen dahin vertragener Gartentisch samt Stühlen. Frühsommerliches Gastgartenlicht. – Diesen Schauplatz betreten nun die übrigen fünf aus dem Zug, durch das Gelände – mit dem Ausdruck »Das habe ich im Krieg gelernt« – geführt von dem ALTEN MANN, *und* PARZIVAL *als dem Träger, den Überseekoffer auf dem Kopf. Allgemeines Lagern, der* SCHAUSPIELER *als der Herrschaften am Tisch in der Mitte, der andern als der stummen Diener im Abstand auf dem Boden,* PARZIVALS *auf der Kiste, deren Gewicht ihm fürs erste die Stimmen aus dem Kopf gejagt hat: Streicheln und Tätscheln der Dankbarkeit. – Stille.*

SCHAUSPIELER
Jetzt kann ich fragen: Warst du in deinem früheren Leben mit einem Mann zusammen, der sich dir, in gleichem Maße wie du dich ihm, hingegeben hat?

SCHAUSPIELERIN
Nein. Während es mich dazu drängte, in der Auflösung erst meine Gestalt anzunehmen, spürte ich jeweils die Angst des Mannes, sich mit mir aufzulösen. Diese Angst übertrug sich auf mich, und wir haben uns von unserem Vernichtungsflug schleunigst zurück in den sogenannten Genuß geflüchtet, meinetwegen bis hinauf in die Haarwurzeln. Und ich bin sicher, seit je war kein Paar, das sich einander hat wirklich hingeben können.

SCHAUSPIELER
Wer war dein erster Mann?

SCHAUSPIELERIN
Die Welt – in jenem Fall der Sommerhimmel. Ich war noch ein Kind und saß auf einer Schaukel. Ich tauchte immer höher. Am Punkt vor dem Kippen, in dem Stau zwischen unten und oben, hat es mich übermannt.

SCHAUSPIELER War es Lust?

SCHAUSPIELERIN
Nein, Süße. Ein Blitz von Süße, der jäh in mich schoß und mich dann langsam entzündete. »Ich begehre dich!«, sagte die Welt, sagte der Himmel, und ich meinerseits erwachte zum Begehren. Damals wurde ich zur Frau. Nie wieder habe ich solch eine Süße erlebt. Seit jenem Augenblick war ich bereit.

SCHAUSPIELER Immer?

SCHAUSPIELERIN
Immer. Bereit zum sofortigen Ineinander. Verschließen tat ich mich nur bei dem falschen Mann. Oh, und all ihr falschen Männer mit dem Trick der halbverschlossenen Augen, über die von den Stirnen der Angstschweiß rinnt, und mit dem Prunk der Geschlechter, die dann eiskalt sind.

SCHAUSPIELER
Hast du schon einmal von einem sagen können: »Mein Mann«?

SCHAUSPIELERIN
Einmal sagte ich: »Ein guter Mann hat mich zu seiner Frau gewählt, und darauf bin ich stolz.« Aber das war Teil einer Rolle, in einem Western, und außerdem gibt es keine Western mehr. Und

einmal sagte ich zu einem Mann: »Die Welt, in diesem Fall du«, aber das war in einem Theaterstück, und außerdem ist das Stück längst vergessen.

SCHAUSPIELER *fragender Blick.*

SCHAUSPIELERIN
Ja, bei dem allem begehrte ich immer noch. Doch nie jemand Bestimmten. Trat jemand Bestimmter zwischen mich und mein unbestimmtes Begehren, so nahm ich ihn, nach dem ersten süßen Schreck, der oft schon bei der Namensnennung oder beim Sprechen des ersten Worts verflogen war, hin als den Vorläufer.

SCHAUSPIELER *Schweigen als Frage.*

SCHAUSPIELERIN
Nein, ich habe nur mein Begehren geliebt, und einzig das Begehren meines Gesichts, das Begehren meiner Augen. Und ich wußte dabei: Keine schöneren Augen auf der Welt als die Augen meines Begehrens. Und wie tat das Begehren in meinen Augen mir gut. Und wenn dieses Leuchten da einmal aussetzte: Wie häßlich habe ich mich gefühlt – wie sinnlos – wie nichtig – wie nackt.

SCHAUSPIELER *fragt schweigend.*

SCHAUSPIELERIN

Nein, kein Mann hatte diese Art des Begehrens. Entweder erschien er jäh entstellt von Begehrlichkeit, oder es war, wie heißt es?, jener »schwere Ernst, in dem die Lust sich vollzieht«, so daß ich immer stärker die Vorstellung hatte, bei mir gehe ein Toter ein und aus, oder der Mann ahmte die Heiterkeit meines Begehrens nach, wodurch er aber nur unernst wurde und selbst noch die Begehrlichkeit verlor. – Ebenso schön wie die Augen meines Begehrens erschienen mir allein die Augen jenes Mannes, der etwas im Sinn hatte, unterwegs zu einem Vorhaben, hell dazu entschlossen. Die Augen des Sinnenden brachen mein ewiges Begehren nicht nur nicht, sie gaben ihm recht. Die Begegnung der Augen des Phantasierenden mit den Augen der Begehrenden: das ebenbürtige Paar. Nur begegneten diese Augen einander nie. Und beim zweiten Mal hatten sie nicht denselben Augenblick. Und ein drittes Mal gab es nicht mehr.

SCHAUSPIELER

Ist dein Bild von deinem Mann also entzaubert?

SCHAUSPIELERIN

Und d e i n Bild von deiner Frau?

Altes Paar
zwischenrufend: Keine Gegenfragen!

Schauspielerin
Das Bild gilt. Es gilt nichts als das erste Bild. Die Schaukel ist noch in Schwung.

Schauspieler
Und woran erkenne ich das?

Schauspielerin
An meinem Langsamwerden, zusammen mit dir. – Aber vor dem Zorn meiner Liebe ist noch jeder zurückgewichen.

Schauspieler
nach langer Pause: Hilf mir zu lieben.

Schauspielerin
nach langem Schweigen: Dann führ mich heim.

Schauspieler
nach langem Schweigen: Wo ist das? *Die Bühne verdunkelt sich.*

3.3

Eine Drehung weiter im Hinterland. Die beiden Alten *allein mit* Parzival. *Zu dem Streifen der Bäume im Szenengrund sind noch ein paar dazugekommen, Fluß- oder Quellenbäume wie eine Erle und eine Weide; ebenso zu den Hinteransichten der Gegenstände: so die Hinteransicht einer Reklametafel, die unbeklebte Hinteransicht einer Litfaßsäule. Mehr als die Hälfte des Bühnenhorizonts wird inzwischen gebildet von diesem Segment. Der Raum zwischen Erle und Weide, um den herum die Szene sich abspielt, erscheint wie ein Zugang zu einer unsichtbaren Tränke oder Furt. Die* Alten *lagern an die Bäume gelehnt, sitzend auf dem Boden, einander zugekehrt, wie auf einem Dammstück, von dem man die Beine hinab zum Fluß baumeln läßt.* Parzival *liegt zwischen ihnen, an seinen Koffer geschmiegt, mit einem Mantel zugedeckt, schlafend. Die Alten halten bei ihm Wache. Herbstlicht an einem großen Fluß.*

Die Alten
gemeinsam, und im Versuch, leise zu sein, besonders vernehmlich: Es riecht nach Herbst, oder?

Der Alte
Der Rauch von den Feldern.

Die Alte
Und bei dem wenigen Wasser der Faulgeruch unten vom Fluß.

Der Alte
Ist doch schön. Riech nur. *Sie riechen gemeinsam; atmen tief ein.*

Die Alte
Ja, schön. Direkt schön.

Die Alten
gemeinsam: Und gerade war es noch Sommer. Ist es denn wirklich schon wieder Herbst?

Der Alte
Es ist Herbst. Ich erkenne es an meiner Apfellust. An meiner Apfelgier. Das Himmelreich für einen Apfel jetzt!

Die Alten
gemeinsam: Nur können wir leider keine Äpfel mehr beißen.

Parzival
wie durch ihr lautes Geflüster gestört, regt sich in seinem unruhigen Schlaf.

Der Alte
Sprich normal. Du weißt, er verträgt kein Gezischel. Er braucht ruhige Töne.

Die Alte
Wie tief deine Stimme geworden ist. So lang sind wir also schon unterwegs. Zu Beginn der Reise waren all unsre Stimmen viel schriller, sogar deine.

Der Alte
Du hast noch immer die gleiche Stimme wie als Junge.

Die Alte
Das einzige, was an mir äußerlich gleichgeblieben ist.

Der Alte
Deine Stimme war nie äußerlich. *Langes Schweigen.*

Die Alte

Was für umständliche Spiele die Paare doch heutzutage spielen müssen.

Der Alte

Denn sie haben keine Zeichen mehr, die ihnen den Umweg des Redens abkürzten. – Erinnerst du dich, wie das damals bei mir war?

Die Alte

Ich erinnere mich. Aber erzähl es mir bitte noch einmal.

Der Alte

Ich kannte dich schon lange. Aber dann bist du einmal dahergekommen mit einer Pyramide Orangen im Arm, und plötzlich war ein Glanz im Raum.

Die Alte

Und du warst so lange nur der Nachbarssohn, bis nach einem deiner Besuche auf dem Fußboden ein Stück Schnee in Form deiner Sohle lag. *Pause.*

Der Alte

Wie lang wir nun schon so dahinirren. Alt und sinnlos.

Die Alte

Seltsames Schaukeln. Seltsame Expedition. Vielleicht nur ein tristes Delirium?

Der Alte

Zieht es dich heimzu?

Die Alte

O nein. Schau doch, meine Bauernrosen hier am Fluß, wie zuhause, nur ohne Schnecken dran. So weich. Das Flappen im Wind, wie nur bei Bauernrosen. Und innen so schön dunkel. Aber sitzen täte ich jetzt gern mit dem Gesicht Richtung Heimat. *Sie blickt hierhin und dorthin, zuckt dann die Achseln.*

Der Alte

Wir sind bloß zu schnell aufgebrochen. Geht es dir darum auch so, daß dich der Gedanke plagt, du hättest etwas vergessen? Und zwar dich selber? Vor lauter Übereilung hättest du in Wirklichkeit dich persönlich allein und hilflos im Zimmer zurückgelassen?

Die Alte

Du hast dich nicht verändert. Siehst du da unten denn nicht das Wasser fließen? Was gibt es Wirklicheres? Geh und steck deinen Kopf hinein.

Der Alte
geht, kommt mit tropfnassem Kopf zurück: Es ist wahr, ich bin da!

Die Alte
Und jetzt greif mit der Hand in die Brennesseln hier. Was gibt es Wirklicheres?

Der Alte
greift hinein: Es brennt! Die Blasen werden mir zuhause der Beweis dafür sein: Ich bin dagewesen. Sternbild der Brandblasen! *Er stolpert über etwas.* Ah, mein altes Ungeschick! Das beweist mir: Ich bin es also wirklich, hier, in Person! Danke, mein Ungeschick.

Die Alte
beiseite: Der mit dem Ungeschick, der mit der Wirrsal – der ist dein Mann …

Der Alte
hebt das Stolperding auf und hält es ans Licht, einen altertümlichen Schlüssel; pfeift dann darauf: Schau, ich habe da etwas Verlorenes wiedergefunden, einen Schlüssel, verloren von mir vor einem halben Jahrhundert, im Krieg! *Er stockt:* Aber der Schlüssel von jetzt, wo ist er? *Tastet sich ab.*

Die Alte
Hast ihn wieder einmal steckenlassen? *Pause.*

Der Alte
Was machen im Augenblick wohl unsre Enkel?

Die Alte
Bei ihnen wird es bald dunkel sein. – Schade, daß wir keine Zeitung dabeihaben. Wir könnten sonst nachschauen, wie das Wetter bei ihnen ist.

Der Alte
Ist es hier schön, so denke ich, es muß auch bei ihnen schön sein.

Die Alte
schaut auf ihre Uhr: Das Mädchen wird gerade aus dem Schulbus steigen, das einzige Kind an dieser Abzweigung. Jetzt wird sie auf das alleinstehende Haus zugehen. Im Gras am Wegrand liegen oft Schlangen. Paß auf!

Der Alte
Und der Bub hat gerade seine Boxstunde im Turnsaal. Viel zu kleine Gestalt für diese großen Handschuhe. Gib's ihm. Nicht den Kopf so einziehen. Schau ihm in die Augen. Ach, du bist ja kurzsichtig. Und außerdem eher feig. *Pause.*

Die Alte
Habe ich eigentlich vor dem Weggehen das Bügeleisen ausgeschaltet?

Der Alte
Und wenn daheim gerade das Unwetter los ist? Habe ich den Fernsehstecker herausgezogen?

Die Alte
zunehmend schrill: Und hast du gegen die Einbrecher die sich von selbst einschaltende Lampe ans Fenster gestellt?

Parzival *regt sich.*

Der Alte
zunehmend schrill: Und hast du die Tropfpipette in den Topf des Orangenbaums gestellt?

Parzival *erwacht und setzt sich auf.*

Die Alte
Und hast du für den Fall des Falles die Versicherung für unsere Überführung abgeschlossen?

Der Alte
Und wenn ein Tornado gerade das Dach verwüstet?

Die Alte
Oder ein Bergrutsch das ganze Dorf?

Der Alte
Oder eine Flutwelle die ganze Region? Oder ein Erdbeben das ganze Land? Und wenn die Welt außerhalb unserer Luftblase längst schon zugrunde gegangen, alles Atmen erstickt, jedes Leben erloschen ist?

Parzival
der sich zunächst die Ohren zugehalten hat, springt mit einem Schrei auf: Und wer hat von meinem Tellerchen gegessen? Und hast du heute schon zur Nacht gebetet? Und hast du heute schon zuhause angerufen? Und sag mir, wo die Blumen sind? Und wer wirft den ersten Stein? Und was geschah wirklich mit Baby Jane? *Er ist indessen weggerannt, die Böschung hinunter, wo seine Stimme heraufscholl wie aus einem Hohlraum.*

Der Alte
steht auf und blickt ihm nach: Er läßt sich vom Fluß die Ohren auswaschen. Ob es hilft? – Und jetzt zieht er sich nackt aus, taucht ganz unter und schwimmt. Flußab, den Kopf unter Wasser. – Endlich, da ist er wieder. Holt tief Luft, schaut um sich,

strahlt. Mir scheint, es hat geholfen, das Wasser hat ihm den Plapperkopf gestillt. – Oder? Er taucht wieder unter. *Pause.*

DIE ALTE
rappelt sich auf zum Gehen und tritt auf etwas, das knirscht: Schau, hier ist Reis gestreut, von einer Hochzeit.

DER ALTE
Nein, das ist Sand, über einer Unfallstelle.

DIE ALTE
Immer weißt du alles besser. – Wohin jetzt? Hast du eine Karte dabei? Einen Kompaß? Medikamente? Einen Schirm? *Als er den Kopf schüttelt, zieht sie all diese Dinge aus ihrer Tasche und verteilt sie auf sich und ihn.*

DER ALTE
Du bist immer auf alles so vorbereitet. Das stört mich seit jeher an dir. Der Würde des Menschen widerspricht es, Vorbereitungen zu treffen.

DIE ALTE
sich flott auf den Weg machend – der Alte langsam: Wo hast du nur deine Langsamkeit her?

Der Alte
Die habe ich im Krieg gelernt, an der Gefahr.

Die Alte
Mich hat dein Geschleiche dafür ins Krankenhaus gebracht.

Der Alte
Aber seinerzeit war doch dein Spruch: »Er ist so schön langsam – man kann ihm vertrauen«?

Die Alte
Und ein zweiter Spruch war: »Er ist so furchtbar langsam – mit dem hält keine es aus.« *Sie setzt ihren Weg fort.*

Der Alte
ihr nachrufend: Wo gehst du denn? Hier ist doch der Weg.

Die Alte
Immer haben wir in verschiedene Richtungen wollen. Bin ich nach rechts gegangen, hast du gesagt: Nein, links. Fand ich eine Abkürzung, gingst du partout auf dem Umweg. Wollte ich auf eine Wiese, gingst du in den Wald. Zog es mich in den Süden, warst du für den Westen. Schande, daß wir noch

immer zusammen sind. *Sie geht ihren Weg weiter und ab.*

Der Alte
langsam kofferziehend, ebenfalls seinen Weg weitergehend: Eine Fremde. Schon auf den ersten Blick, damals vor fünfzig Jahren, war sie mir fremd. Ich wußte gleich: nicht die Richtige für mich. Nur der verdammte Krieg hat uns zusammengebracht. Ich bin nie mit ihr mitgekommen. Zwei verschiedene Geschwindigkeiten, zwei Fremde. »Du kennst mich ja!« hat sie immer wieder gesagt. Nein, ich kenne dich nicht! Wie oft habe ich ihr beim Schlafen zugeschaut – was für ein edles Gesicht hat diese Frau! – und gewünscht, sie möge immer so weiterschlafen, damit nicht plötzlich diese fremden Augen mich anschauen. *Schon in der Kulisse:* O diese Fremdheit. Fremd wie am ersten Tag. Zum Dreinschlagen fremd. *Die Bühne wird dunkel.*

3.4

Eine Folge fragmentarischer Szenen, jeweils um einen Ruck weiter im Hinterland, die Flußbäume halb schon verdeckt von andern: einer Palme, einem Buchsbaum, einem Kakteenstumpf, ganz hinten durchschimmernd die Statue eines Verhüllten in Rückenansicht, Dante? ein Engel? ein Trauernder?

*

Menschenleere Bühne. Es beginnt zu schneien.

*

Menschenleere Bühne in blendendem Licht, wie auf einem Riesenparkplatz mit viel blinkendem Stahl und Frontscheiben. Auf die Bühne segelt ein Papierflugzeug. Aus dem Bühnenhimmel senkt sich ein Fallschirm ohne Mensch herab und verfängt sich in den Bäumen. Eine große Korbflasche, auf einem Untersatz mit Rädern, wird an einem unsichtbaren Flaschenzug über die Bühne gezogen wie heraus aus einer Schußlinie. Für einen Augenblick erscheint ein Hund, und als er wieder zurückgepfiffen worden ist, steigt aus dem Bühnenuntergrund ein Schmetterling auf. Ein Reifen rollt herein ins Leere, torkelt lange ...

Sehr weißes, winterliches Licht, wie in einem Flachland. Der Einheimische, *als Bühnenarbeiter, tritt auf, Verband an einer neuen Stelle, mit einem einzelnen Flugzeugsitz, den er schief oben in den stärksten Baum hängt. Geht ab und kommt ebenso zurück mit einem einzelnen Fahrrad-Rad und hängt es mit der Nabe an einen Aststrunk.*

*

Flutlicht. Auftritt des Mauerschauers, *müde Schritte, blicklos. Hält ein und macht Augenübungen, linkes Auge in den Winkel, rechtes ... Im Bogen kommt ein Ball geflogen, und der Mauerschauer rennt ihm nach, stoppt ihn und schießt ihn zurück aufs Spielfeld. Geht mit leuchtendem Blick und ausgebreiteten Armen weiter.*

*

Der Junge Schauspieler, *»ganz privat«, Jacke über dem Arm. Felderlicht. Zwischendurch bekommt er unversehens das Maskengesicht eines Samurai. Schwerthieb in die Luft. Wieder das Freizeitgesicht. Im Weitergehen plötzlich die Maske eines Wahnsinnigen, samt dessen Bewegungen. Grinsend ab.*

*

Der Alte. *Koffer auf dem Rücken wie einen Tornister. Fahles, brenzliges Kriegslicht. Er schleppt sich über die Szene mit einem anschwellenden Brüllgesang. Zwischendurch und im Abgehen immer wieder ein Kinderweinen.*

*

Die Alte, *auf- und abschlurfend mit ihrer Tasche in einem Krankenhaus-Neonlicht. Aufgelöste Haare. Ein Summen, immer wieder unterbrochen von einem Gesichtskrampf. Summen oder schon Geheul?*

*

Spielverderber, *im Frostlicht, frierend gehüllt in seinen Mantel. Im Kommen zählt er, erst kaum hörbar, dann lauter und lauter. Ist schon weit in den höheren Zahlen. Im Zählen bekommen seine Schritte Energie, und es wird ihm warm. Mittendrin dreht er für einen Moment an der Hinteransicht eines Verkehrsschilds, auf dem lesbar ist:* KEINE UMKEHRMÖGLICHKEIT. *Zählend ab.*

*

Die Junge Schauspielerin
kommt in ihrer Haltung der Festkönigin, im entsprechenden Festlicht. Bei ihrem Vorbeischwung

an einem großen Baumstrunk geht an diesem – er ist eine Attrappe – eine Schiebetür auf, und der EINHEIMISCHE *tritt heraus, im rindengrauen Tarnanzug eines Soldaten, der sich, ohne die Innehaltende zu beachten, auf den Patrouillengang macht. Der* SCHAUSPIELERIN *fällt der Arm herab, sie verliert ihre Haltung. Eine neue einzunehmen, gelingt ihr erst allmählich, mit dem, was sie, allein auf der Bühne, sagt:* Mir scheint, ich bin tot. Ich habe, außerhalb meines Spielens, an nichts teil. Die Weltgeschichten amüsieren mich höchstens. Ich nehme niemanden ernst. Kam jemand und wollte mir zu erzählen anfangen, wie er einmal glücklich war, und schon unterbrach ich ihn mit meinem »Ich verstehe dich ja, ich verstehe dich ja«. Kam der nächste und fing an von seiner Verlassenheit, und ich unterbrach ihn mit meinem »Oh, ich glaube dir, ich glaube dir«. Die andern sind für mich Kinder, die nicht wissen, was gespielt wird, und ich belache sie, freundlich und herzlos. Auf alle Fragen weiß ich eine Antwort, und ich selber habe keine Frage, für niemanden, jedenfalls keine dringende oder ernste, oder eine, die zu beantworten dem andern eine Freude macht. So jung bin ich noch, und funktioniere schon wie ein Mensch am Ziel, offiziell wie ein Büro, vollkommen durchorganisiert. Der Abstand, den ich behaupte, ist in Wahrheit Unzugänglichkeit. Verflucht soll ich sein. Wer verflucht mich? Wo ist der, der mich zum Leben erweckt, indem er mich verflucht? *Ab.*

*

DER SPIELVERDERBER
in seinem Licht, Kopf im Nacken: So viele Wege, die nach alten Quellen heißen. Nur: Wo sind die Quellen? Versickert? Vermauert? Zugefroren? Dafür der große Himmel. Das kann nur heißen, daß es nicht so bleibt. Wahrscheinlich wird es gleich zuziehen, ein Schneesturm wird losbrechen, ein Blizzard. Ägyptische Finsternis, und auf dem Schnee, der so schnell steigen wird wie das Wasser in einer Schleusenkammer, der Widerschein der Blitze, die mir heimleuchten werden. Um Himmels willen: nicht heim! Käme im Augenblick ein von dorther bekanntes Gesicht mir entgegen – sofort verlöre ich jedes Hierseinsgefühl. Bergauf möge es weitergehen – aber oben sei nicht daheim. *Blick zurück über die Schulter:* Was ist los, niemand verfolgt mich? Wo bleibt ihr, meine Verfolger? Alle Fluchten sind mir gelungen – wie geht es nun weiter mit mir? Wo ist nun mein Lebenssinn? Gib, daß das noch nicht meine letzte Flucht war! – Hei, da ist sie endlich, meine Verfolgergruppe! Und da schon das bekannte Gesicht, das des Anführers, »Autor« genannt. Auch seinetwegen bin ich ewig auf der Flucht. Er will mich einfangen für seine

Story, einsperren in Fragen von der Art »Was war Ihr Kindheitsmilieu?«, »Haben Sie je geträumt, mit Ihrer Mutter zu schlafen?«, »Was haben Sie gefühlt, als der Dritte Weltkrieg ausbrach?« Mit dergleichen betreibt er einen schwungvollen Ostwesthandel. Hat überall seine Finger drin, nirgends sich selbst. Überall dabei mit seinem Beitrag, nirgends mit seinem Einsatz. Die Podiumsgespräche und das Recherchieren bei seinen Gewährsleuten quer durch die Kontinente füllen meinen Autor keineswegs aus – unentwegt lauert er zugleich seitwärts, wie er sich endlich einen Reim machen könnte auf meine Geschichte. Nein, und wenn du auch täglich zwanzig Runden schwimmst, dein Lauftraining machst, zu den zwölf Sprachen, die du fließend sprichst, noch drei dazulernst, und dich gerüstet hast für deine Storyjagd auf eurem letzten internationalen Autorenkongreß mit dem Thema »Von der Bedeutung der Frage in der heutigen Zeit«: Selbsternannter Pat Garrett, du kriegst mich nicht! Mein Vorbild sind die, von denen man nichts weiß und nichts wissen kann. Meine, des Flüchtlings Zuneigung gilt den ziellosen Menschen, den Übergangsreisenden – der neuen Menschheit! – Großer Himmel. Leider ohne Vögel. Aber die Schwalben sind mir ohnedies zu schnell. Und nur die Spatzenfrau findet das Geschrei ihres Spatzenmanns bekanntlich schön. Und die Raben, angeblich die

Indianervögel der Weisheit, habe ich einmal auf einem Feld einen Kreis schließen sehen um unsern zitternden Hasen. – Ach, meine Mitübergangsreisenden, ihr fehlt mir. Sich selber das Spiel zu verderben, macht keine rechte Freude. So lang war ich schon mit euch unterwegs, daß ich anfing, euch ernst zu nehmen. (*Sich nähernde Schritte. Eine Stimme aus der Gasse: »Ich begrüße Sie!« Sich entfernende Schritte.*) Was für eine liebe Stimme! Ein Gruß genügt, und schon bin ich in der Wirklichkeit. Aber was heißt das: »Ich begrüße Sie!«? Sollte ich etwa angekommen sein? Nur das nicht. (*Fluchtschritt. Innehalten:*) Großer Himmel. Fast fühle ich mich frei. Seltsames Wort, dieses »fast« ... Idealer Himmel. Aber was ist daran die Frage? Je idealer, desto unheimlicher. Sollte einem meiner von Fluchtort zu Fluchtort verstreuten Kinder etwas zugestoßen sein? Lauf mir entgegen, Kind, zwischen die Beine, klammere dich an meine Knie. *Er flüchtet weiter.*

*

Die Alte Frau
in ihrem Licht, sich bückend nach einem Papier am Boden: Ein Brief. Seine Schrift! *Liest:* »Im Felde, am 12. November. – Mein Wesen! Es ist Nacht, und wir sind im Unterstand. Die andern schlafen

schon, aber ich will versuchen, Dir im Petroleumlicht einen Brief zu schreiben ...« *Sie schüttelt staunend den Kopf.*

*

Der Alte Mann
im Regenbogenlicht, lagert auf seinem Koffer, mit sich selber Karten spielend. Dann wendet er den Kopf nach etwas, in einiger Entfernung. Wie um auf sich aufmerksam zu machen, winkt er. Dann, als würde ihm zurückgewinkt, winkt er wieder, mit einem großen Lächeln, diesmal als Gruß.

*

Die Schauspielerin, *verkleidet als Mann, wird verfolgt von dem* Schauspieler, *verkleidet als Frau. Licht beider als eins. Als er sie ereilt, wird er zum Mann und sie zur Frau. Beiderseitiges Stokken. Umarmung.* Er: »Bist du ein bißchen mit mir einverstanden?« – Sie: »Ja. Und du mit mir?« – Er: »Ja. Kennst du die Übersetzung des Namens Nofretete?« – Sie: »Die Schönheit ist angekommen.«

*

Der Mauerschauer
in seinem Licht: Verrückt. Während ich den Traum träumte, der aus nichts bestand als aus mei-

ner Dankbarkeit – der Freude der Ruhe der Dankbarkeit, dafür, daß ich Zeit hatte, Zeit hatte, an einem geliebten Ort zu bleiben und dort unterwegs zu sein – sonst nichts –, haben, laut Zeitung, in dem Hotel am anderen Ufer die in den Flammen verbrennenden Gäste geschrien. Verrückt: Gerade noch habe ich mit eigenen Augen den seit Jahren Schlaflosen gesehen, der unterwegs zum Sprung von der Brücke war, die Passantin, die der Entgegenkommenden die Tasche über den Kopf schlug – und schon wieder denke ich: Liebe Welt! Verrücktes Wohlgefallen – an dem Dahingestökkel der platinblonden Vettel dort, an den eiskaufenden Schulmädchen, an dem Schwarzen im Trachtenanzug: Ich will es nicht mehr! Schau in dich hinein, in die wahre Ferne, jene, die dir nichts vormacht – was siehst du da? (*Er schließt die Augen:*) Horizontweit die Menschheit, Kopf an Kopf, auf Hochsitzen, aber nicht als Jäger, sondern als zum Abschuß freigegebenes Wild. Wie sagt man doch von einem Unheilbaren, bevor sein Sterben sich dramatisiert: »Er wird nicht mehr.« Ja, so sehe ich uns auf den Hochsitzen: Wir werden nicht mehr. Kopf an Kopf fragestumm, wie eben ein jeder, der nicht mehr wird. Denn was sind die Fragen der Sterbenden? (*Augen auf:*) Ja, das ist es: ein Bild, das nichts vorgaukelt. Ab jetzt soll es mein Leitbild sein. O Ekel vor meinen Illusionsluftsprüngen. Finsternis, Kälte, Aussichtslosigkeit, Verdammnis: Bleibt bei mir als die letzten Wahrheiten. Nie wieder soll es gut mit mir werden. – Da, schau, der Mais: Gerade waren es noch Schößlinge, und jetzt breitet er die Arme aus. Gott, wie schön. – »Wie schön«: Wie lange habe ich das nicht mehr sagen können! Und wie beschreibe ich das Schöne? Mit einem Wort: »Da«. – Verrückt: Schon wieder fängt es mir hier zu gefallen an. Schauen als Trinken. So alt bin ich nun, und nähre mich noch immer vom Schauen. – Wie schön. Wie still. Erstaunlich still. Zum Staunen still. Stille: der Tag zählt. Die Stille als Wert, der letzte verbliebene Zauber. – Schwein. Zeitferner Phantast. Von der Schauerei unfähig gemacht für jede Geschichte. Von der Stille verdorben für jede Gesellschaft. Wie war es doch gerade, jenes einzig gültige, das maßgebende, das entschleierte Bild? – Dreck, es ist mir schon nicht mehr gegenwärtig. – Dann prügle es in dich zurück! (*Ohrfeigt und prügelt sich. Innehalten. Mitgehen seiner Miene mit unsichtbaren Passanten, Teilnehmen an einem Schrecken, einer Umarmung, einer Freude:*) Verflucht, schon wieder kommt eine gewisse Freude an der Welt, in diesem Fall an der dritten, zurück, schon wieder atme ich Märchenluft. Weg mit dir, Frohsinn. Schwachsinniger Glotzer. Du wirst jetzt gehen und den erstbesten niederschlagen. (*Bleibt.*

Pause.) Bist du verrückt, Sohn, nicht zu schauen? – Verdammt, Mensch, wer bist du? Wer bist du nur? Wer bin ich nur? *Ab.*

*

Der ALTE *und die* ALTE *begegnen einander, in ihrem gemeinsamen Licht, samt ihren Sachen, wie auf einer hölzernen Brücke (entsprechend auch das Geräusch der Schritte). Gegenseitiges Bestaunen.* DER ALTE: »Du!« – DIE ALTE: »Und du!« – DER ALTE: »Immer noch die gleichen klaren Augen.« – DIE ALTE: »Und immer noch der schiefe Kopf.« – DER ALTE: »Aber das war doch eben erst?« – DIE ALTE *bricht in Tränen aus, ebenso der* ALTE. *Von weitem dann plötzlich ein Geheul, das nicht aussetzt, pausenlos, um Hilfe. Sie lauschen und machen sich schließlich auf den Weg.*

3.5

Der hinterste Strich des Hinterlands. Die Bühne ist nun umschlossen von Bäumen – auch fruchttragenden – und Hinteransichten, und bildet eine kleine Lichtung, die zugleich etwas von einer Engstelle hat. Farne, Waldreben und Lianen zwischen den Bäumen geben einen Eindruck von Urwald. Zu den da durchschimmernden Hinteransichten ist die eines Wellgiebels und einer langen Mauer gekommen. In der Lichtung oder Enge steht einerseits eine hölzerne Hütte, andrerseits eine einzelne Säule. Die Mitte ist leer bis auf eine Einfassung für eine Quelle, zu der ein paar Stufen hinabführen. – In einem rasch zwischen Schatten und Sonne wechselnden Licht kriecht PARZIVAL *nackt durch den Urwald auf die Szene, wie ein Schiffbrüchiger. Die Bewegungen, mit denen er sich in Sicherheit bringt, werden behindert durch das stete Zucken von Kopf und Gliedmaßen. Endlich auf dem freien Platz, beginnt er sofort mit Händen und Füßen nach etwas zu suchen, das beim Aufstampfen dröhnte, wie etwa die Brückenwaage: vergebens. Trommeln gegen die Litfaßsäule: Pappmaché. Gegen die Rückenfigur: das gleiche. Versuchtes Kämmen mit den Fingern, rhythmisiert von dem*

Stimmenkampf in ihm; ebenso das versuchte Essen eines Apfels. Er läuft von Baum zu Baum und reibt sich daran wie ein Tier, das eine Fliege loswerden will. Schließlich kauert er sich zusammen im Leeren, immer wieder durchzuckt von dem einen Rhythmus, der dann auch das einsetzende Wimmern skandiert. Erfolgloser Versuch, die Stimmen aus sich herauszuschreien. Das einzige, was sich dabei ändert, ist das Licht: Eine Art Föhnlicht setzt sich durch, mit einem bis auf den Boden herabreichenden Blau, alle Dinge vereinzelnd. – Auftritt von der Seite der EINHEIMISCHE, *wiederum als Bühnenmeister, in der Hand ein Schaltgerät. Mildert mit einem Knopfdruck das Licht, worauf* PARZIVAL *den Kopf hebt.*

EINHEIMISCHER *tritt zu ihm:* »Wind«.

PARZIVAL
»Wer Wind sät, wird Sturm ernten.«

EINHEIMISCHER »Himmel«.

PARZIVAL
»Der bestirnte Himmel über mir, und ...«

EINHEIMISCHER »Schirm«.

Parzival
»Unter einem Regenschirm am Abend ...«

Einheimischer »Ding«.

Parzival
springt auf, in Angriffsstellung: »Es gibt Dinge zwischen Himmel und Erde, von denen ...«

Einheimischer »Gastgeber«.

Parzival
den Einheimischen anfallend: »Für Getränke sorgen die Gastgeber.«

Einheimischer *weicht zurück.*

Parzival
kauert sich zusammen, Kopf in den Händen.

Einheimischer
Was hat man diesem Menschen bloß angetan? *Er drückt auf einen Schaltknopf, und die Säule wird angestrahlt.*

Parzival *schaut auf.*

Einheimischer
dreht an der Säule, auf der so, als Relief eines Kapitells, ein Riesenkopf sichtbar wird, mit verzerrten Zügen, an beiden Ohren je ein Vogel, den Schnabel halb im Gehörgang. Nimmt Parzival *sanft am Handgelenk und führt ihn vor die Säule:* Wie auf diesem Bild werden dir jetzt die Vögel die Stimmen aus dem armen Schädel holen!

Parzival
blickt auf und wird zum stillen Zuschauer.

Einheimischer
drückt erneut auf einen Knopf, und die Säule beginnt zu tönen: die Sonoritäten der Zivilisation, einander abwechselnd, tiefer und tiefer, endlich zusammenkommend zu einem gleichmäßigen getragenen Einton, wie das gemeinsame Tuten der Hörner aller Schiffe an einer Strommündung, die derart etwas begrüßen und feiern. – Stille. Licht weg von der Säule: »Wind«.

Parzival
als bilde sich nun bei ihm mit dem Wort zugleich auch die Sache: »Wind«.

Einheimischer »Himmel«.

PARZIVAL
als sei ihm nun das Wort selbst das Ding: »Himmel«.

EINHEIMISCHER »Staub«.

PARZIVAL
läßt nun mit dem Wort seinen Gegenstand aufleben: »Staub«.

EINHEIMISCHER »Wasser«.

PARZIVAL
blickt sich nun mit dem Wort um nach dem Ding: »Wasser«.

EINHEIMISCHER
klopft auf die Brunnenfassung, und die Quelle fängt auf der Stelle vernehmlich zu sprudeln an; ihr eintönig-dunkles Dahinfließen gibt den Rhythmus für das Folgende an.

PARZIVAL
setzt sich und läßt die Füße in die Quelle hängen; stammelnd, gurgelnd, auflachend, dann endlich sprechend: Solange keine Waage war, gab es kein Angesicht zu Angesicht. Diese Waage hing an einem Ort, der nicht war. Gewogen wurden daran,

die nicht waren. Die Waage wurde nicht erfaßt und nicht gesehen. In sie gingen ein, die nicht waren und doch waren und sein werden. Der Riese hob den Fuß und kam mit ein paar Schritten an den Ort der fünf Berge. Er angelte mit einem Mal sechs der Schildkröten, nahm sie auf den Rücken und kehrte in sein Land zurück. Dort röstete er die Schalen, um Orakel zu gewinnen. Von den Engeln aber wurden viele Millionen heimatlos. Nördlich vom kahlen Norden war ein großer Ozean. Im Süden wuchs ein großer Baum, er wuchs im Winter, seine Früchte waren gelbrot und schmeckten sauer. Die Schale und der Saft waren gut für das Wechselfieber. Als der Baum über den Fluß gebracht wurde, verwandelte er sich in den dornigen Apfelsinenbusch. Über das Steinerne Meer flog ein weißer Schmetterling, und in einer Silberdistel brummte eine Septemberbiene. Der Leichnam meines Vaters schaukelte im Wind der Baumkronen, während ich im Mund noch den schlechten Nachgeschmack von der Muttermilch hatte. Dann sah ich an der Grenzstation im Sintflutregen die Orientalen unter dem Anhänger ihres Lasters sitzen beim Würfelspiel. Der Wanderer griff hinten in den Rucksack seiner Gefährtin, aus der Dachrinne schauten Katzenohren, die Gottesanbeterin drehte den Kopf wie ein Radargerät, neben der Kassiererin im Supermarkt lag ihr angebissener Apfel, auf dem Schulweg fiel der erste

Schnee, und so verging meine Kindheit an der Märchenquelle. *Pause*. Und jetzt frag.

EINHEIMISCHER
Ich bin kein Frager. Ich bin ein Einheimischer. Aber deine Frager sind schon unterwegs. Gleich werden sie da sein.

PARZIVAL
Frag mich trotzdem, gleich was.

EINHEIMISCHER Dove va?

PARZIVAL À Medea.

EINHEIMISCHER Solo?

PARZIVAL Si.

EINHEIMISCHER Dio mio! *Pause*.

PARZIVAL
Frag mich noch etwas. Nicht aufhören. Weiterfragen.

EINHEIMISCHER
Tu n'as pas peur si seul dans la forêt, pieds nus?

PARZIVAL Non, pas du tout.

EINHEIMISCHER Tu es canadien?

PARZIVAL Oui.

EINHEIMISCHER
zieht mit der Hand in seinem Gesicht das Parzivals nach: Ça c'est voit! *Sie lachen gemeinsam.*

PARZIVAL
Und jetzt frage ich. – Was das? *Beiseite, im zeitweisen Ton des Mauerschauers:* So, ohne Verb, beginnen bekanntlich die Kleinkinder zu fragen!

EINHEIMISCHER
Das ist die Fragemauer. Wie du siehst, ist sie schon halb verwachsen und eingestürzt. Eine blinde Tür. Aber: »Machen wir die Tür auf!«, sagte das Kind vor der blinden Tür in der Mauer.

PARZIVAL Und das da?

EINHEIMISCHER
Das Rad des Fragens. *Er dreht. Es quietscht.* Wie du hörst, ist es schon lang nicht mehr gedreht worden.

PARZIVAL Und das dort?

EINHEIMISCHER

Das, Kind, ist der Palast des Fragens. *Er geleitet Parzival zu der Hütte, schlüpft hinein und kommt zurück mit einem Umhang wie für Boxer nach einem Kampf. Er kleidet Parzival ein, frisiert ihn. Dabei verwandelt das Licht sich allmählich in das Fragelicht – Gegenteil von einem Verhörlicht, ein Schimmern, das wie von den Körpern selber ausgeht, die Dinge – Hütte, Mauer usw. – körnig erscheinen läßt.*

PARZIVAL

probiert, in Erwartung der andern, quer über die Bühne Haltungen aus, die ausdrücken, daß er bereit ist, gefragt zu werden: macht sich unsichtbar hinter einem gespaltenen Baum und spricht mit verstellter Stimme: »Was ist deine Frage?«; stellt sich mit gespreizten Beinen, den Rücken zum Zuschauerraum, auf die Quelleinfassung und befiehlt ebenso: »Jetzt fragt!«; streckt sich bäuchlings da aus, stumm, in der Haltung einer die Fragen erwartenden Sphinx; – unterbricht zuletzt dieses Spiel, setzt sich einfach vor die Hütte, lehnt sich da an und erzählt: Seit die Kleinkinderfragen vorbei sind, konnte ich nicht mehr fragen. Ich wurde auch immer unwillig, wenn ich selber gefragt wurde. Alle

Fragen, die mir gestellt wurden, erschienen mir falsch, gestellt von den Falschen, im falschen Ton, im falschen Moment, am falschen Ort. Ihr habt mir mit euren falschen Fragen den Staub von den Flügeln gestupst. Wurde ich nach etwas Geschehenem falsch gefragt, verlor ich allein durch die falsche Frage des Geschehenen Bild. Dabei wartete ich ständig darauf, endlich gefragt zu werden. Je mehr Welt und Möglichkeit die Fragerei um mich herum vernichtete, desto größer wurde mein Bedürfnis, es möge doch einer kommen mit einer Frage nicht an oder gegen, sondern für mich. Ja, eine richtige Frage stellte ich mir vor als Geschenk! »Ich habe dir etwas mitgebracht – eine Frage!« Einmal habe ich ein richtiges Fragen erlebt – nicht an mir, sondern an einem Dritten, einem in Todesangst, und diese Fragen gingen schlicht: »Wann bist du geboren? Wie hieß dein Vater mit Vornamen? Was war der Mädchenname deiner Mutter?«, und sie nahmen ihm für Augenblicke die Angst. Auch ich war schon in Todesangst, und was ich dann gefragt wurde, war: »Na, geht's uns schon besser?« oder »Was verloren?« oder »Fremd hier?« Wer kann mit einer Frage beistehen? Beistandsfragen, nur solche! Übrigens erwartete ich die richtige Frage immer nur von den Unbekannten oder Auswärtigen und nahm die der Angehörigen und Ortsansässigen, so unausgesetzt wie sie fragten, nie ernst. Und doch:

Ach Eltern, hättet ihr mich, sooft ich heimkam, statt mit eurem Selbstgemachten von Keller und Herd, bewirtet mit einer richtigen Frage!

EINHEIMISCHER
unterbricht ihn: Ich sehe deine Fragegesellschaft kommen. Als hätten sich die Lichtflecken in der Waldtiefe dort auf einmal von selbst in Bewegung gesetzt. Ich erkenne sie daran, daß sie zu Fuß kommen, langsam, erhobenen Kopfes, jeder auf einem anderen Weg. Die Einheimischen hier kämen angefahren, auch wenn es nur über die Straße wäre. Seltsam: Sonst sind sie entweder die zu laute Mehrheit oder die zu leise Minderheit – und heute bin ich als der Einheimische der einzige. Gut so! *Er verschwindet in der Hütte.*

PARZIVAL
erzählt weiter, während nach und nach die übrigen Reisenden auftreten, jeder in festlich leuchtendes Schwarz oder Weiß gekleidet: Und wenn ich meinerseits nicht fragte, so hieß das nicht, daß ich keine Fragen hatte. Das Fragen ist beständig in mir, aber ich konnte es nie äußern, auch nicht in Haltung oder Blick. Das Nichtfragenkönnen: mein Lebensproblem. Daß meine Mutter mir eingeschärft hat, niemand zu fragen, ist eine Legende: Immer wieder kam sie und sagte: »Kind, frag mich etwas!« Wie

hätte sie meine Fragen gebraucht, denn sooft sie das sagte, war sie in Not. Einmal fiel sie, mit dem Gesicht voraus, vor mir zu Boden, und ich löffelte – nicht einmal ein »Was hast du?« kam mir über die Lippen – meine Nachspeise weiter. Als mein Vater damals oben auf der Leiter plötzlich stockte, sich ans Herz griff und auf mich lange nur herunterstarrte, lachte ich statt zu fragen, obwohl er dann sagte: »Ich sterbe«, und auch wirklich tot von der Leiter fiel. Weil ich nie fragte, galt ich als roh und verwildert. Aber in Wahrheit erschien mir das Fragen insgesamt als etwas mir Verwehrtes – ich weiß nicht, durch wen. In den Heimen, von Archangelsk bis Agrigento, wurden dann die bizarrsten Dinge aufgeführt, um den in sich selbst Gefangenen zum Fragen zu bringen. In Celje trat einer plötzlich auf Stelzen ins Zimmer. In Zaragoza fletschte mich einer plötzlich mit einer Tiermaske an. Der letzte in dieser Reihe verband mir die Augen, setzte mich ins Auto, fuhr mit mir bis zum hintersten Kontinent und nahm mir die Binde ab auf einer Klippe von Finisterre namens »Bocca di Inferno«: Nicht einmal der Mucks einer Frage kam vor dem Höllenschlund aus mir. Dabei habe ich andre in ihrer Verlassenheit eigens Wildfremde um eine Auskunft fragen hören, auch wenn sie Weg oder Zeit selber wußten: Das bloße Fragen hat ihnen schon gutgetan. Sogar bei der Antwort »Ich habe keine Uhr«:

wie überschwenglich ihr Dank! Jemand, der beraubt werden sollte, kam dem zuvor, indem er auf den Wegelagerer zutrat und nach einer Phantasiestraße fragte. Das ist die Kunst des Fragens, die mir so fehlt. – Ah, doch, einmal ist mir eine Frage gelungen: Da erschraken über mich Kinder, die an einem verbotenen Ort spielten, und ich fragte sie im Vorbeigehen: »Warum spielt ihr nicht weiter?« Höchste Zeit, daß ich es schaffe, zu fragen. Nur wen? Denn frage ich mich allein, bleibt es unernst und folgenlos. Vater und Mutter, jetzt da ihr tot seid, hätte ich Fragen um Fragen an euch! *Die andern stehen inzwischen vollzählig am Lichtungssaum. Als letzter tritt auf der* ALTE, *den Koffer hinter sich herziehend, und sagt, zuerst zu sich selbst:* »Lasttragend bleibst du verbunden mit deinen Vorfahren!«, *dann, gerichtet im Spiel an seine Frau:* »Hast schon wieder den Weg abgekürzt. Immer hast du die Wege auf ihrem letzten Stück abgekürzt.« *Pause. Umsichschauen. Dann alle gemeinsam:* »Es kommt mir so vertraut vor hier. War ich hier schon?«

MAUERSCHAUER
zum Spielverderber: Ist eine Inschrift auf dem Grabstein?

Spielverderber
liest: »Und der Engel sprach zu mir: Warum verwunderst du dich?«

Mauerschauer
Die letzte Frage der Heiligen Schrift. Danach kein Moment der Verwunderung mehr: nur noch die Bilder der Offenbarung, samt Amen und Alleluja. Fragen und Offenbarung widersprechen sich ja auch. – Welchen Grabspruch würdest denn du dir auswählen?

Spielverderber »Bin hinten.«
Tritt vor und zählt die Anwesenden ab, sich eingeschlossen: Sieben. Genauso viel wie die Pleiaden, das Sternbild in der Form eines Fragezeichens. So laßt uns für einen Moment uns auf die Zehenspitzen stellen, damit die Frageluft uns frisch ins Gesicht weht. Das entscheidende Fragen: in Augenhöhe. Ja, jetzt ist die Zeit des Fragens – wenn ich mir dafür auch einen anderen Ort gewünscht hätte als diese enge Lichtung, zum Beispiel den inneren Kreis einer Wagenburg. »Lichtung« heißt für mich »Mittelalter«, und das Mittelalter ist doch vorbei, oder? Was für ein unwirklicher Ort. Unwirklich? So wird das Fragen ihn wirklich machen. Das Fragen erst schafft sich den Ort und krümmt den Raum. Keine höhere Steigerung der Wirklichkeit

als durch die Entdeckung einer Frage. Aufregung des Forschers: Ich stehe vor der Entdeckung einer Frage! Und bedenkt: Auch die Zeit der Orakel ist vorbei, oder? Nicht um auf eine Frage eine Antwort zu bekommen, haben wir uns ja auf den Weg gemacht, sondern um in der Stille der Orakelstätte von ehedem herauszufinden, was eines jeden Frage ist. Habe ich überhaupt noch eine Frage? Parzival hat vom Fragen erzählt: Nun wird die Frage-Erzählung übergehen in das fragende Spiel.

DER EINHEIMISCHE
ebenfalls festlich schwarz-weiß gekleidet, dazu geschminkt wie ein Tempeldiener, der die Feinde des Ortes abschrecken soll, auch mit entsprechend gesträubtem Haar, tritt aus der Hütte und läßt durch die offen bleibende Tür einen Gong sehen, den er mit einem Seil anschlägt, worauf er bei der Tür innehält. Alle seine Verbände sind verschwunden, bis auf einen, den er locker um den Hals trägt wie die Schleife eines Kochs.

SPIELVERDERBER
als Spielleiter: Schauspieler, das ist jetzt euer Augenblick. (SCHAUSPIELER *und* SCHAUSPIELERIN *tun einen Schritt auf* PARZIVAL *zu.*) Es genügt nicht, eine Frage zu haben. Eine Frage zu haben, heißt, sie zugleich darzustellen. Aber nur das richtige Spiel

läßt auch erkennen, was das Fragen ist. Und das Fragen will gezeigt werden. Und euer bester Zuschauer, das wäre wahrscheinlich ein Tier, denn das würde gleich merken, wenn ihr beim Fragen falschspielt. – Das Spiel vom Fragen kann beginnen. Nun zeigt eure Kunst. Vorspiel: Eine kleine Frage-Travestie.

SCHAUSPIELER
zu ihr: Wie war die Reise?

SCHAUSPIELERIN
Wunderbar. Das schönstc daran war, daß mir jeder einzelne Tag, die Abende und die Morgen, noch gegenwärtig sind.

SCHAUSPIELER
als »zweiter Frager«: Wie war die Reise?

SCHAUSPIELERIN
mit schwindendem Enthusiasmus: Ich bereue sie nicht. Eine schöne Erinnerung. Ich erzähle dir einmal mehr.

SCHAUSPIELER
als »dritter Frager« in Folge: Wie war die Reise?

Schauspielerin
lustlos: Na ja. So so. *Dann sie an ihn:* Geht es dir gut?

Schauspieler Ja.

Schauspielerin Ehrlich?

Schauspieler Ehrlich.

Schauspielerin Ganz ehrlich?

Schauspieler
schweigt. – Dann er an sie: Woran denkst du gerade?

Schauspielerin
Möchtest du das wirklich wissen?

Schauspieler
nimmt ihre Hand und legt sie sich auf die Stirn.

Schauspielerin
Hast du Kopfschmerzen? *Schweigen.* Kannst du ein Geheimnis bewahren? *Schweigen.* Ihr gegenwärtiger Geisteszustand?

Schauspieler
Gefühllosigkeit. – Wo möchten Sie leben?

Schauspielerin
Auf dem erdfernsten Stern. – Ihre Haupttugend?

Schauspieler
Der Haß. – Ihr größter Fehler?

Schauspielerin
Die Gier. *Beide gemeinsam:* Und Ihr Lieblingsvogel? Der Aasgeier. Und wie möchten Sie sterben? Gellend! *Wieder der Gong, die Travestie abbrechend.*

Die Schauspieler
bewegen sich auf den fragenerwartenden Parzival *zu. Innehalten. Dann gemeinsam:* Es geht nicht. Unterwegs war ich voll des Fragens, doch jetzt, da ich eine bestimmte Frage an den Bestimmten hier richten soll, bin ich in Gefahr, das Fragen selber zu verlieren. Schon in der Annäherung an den Frageort ist das Fragen in mir abgeflaut. *Zu* Parzival: Was sollen wir tun?

Parzival
springt auf, umarmt die beiden und gesellt sich als Zuschauer zu den anderen an den Rand.

Die Schauspieler
es ins Leere hinein versuchend, dann: Auch das geht nicht. Das Unbestimmte war vielleicht früher einmal noch eine Frage-Richtung. Jetzt aber nicht mehr. Wir können an das Unbestimmte keine Fragen mehr richten.

Spielverderber
Mißverständnis. Denn darstellen sollt ihr nicht das Richten, sondern das Haben der Fragen. Zeigt uns Zuschauern zuerst unsere Aufregung vor der Entdeckung einer Frage, dann die staunende Ruhe, in der wir sie haben, danach unser Ganz-Frage-Gewordensein, und zuletzt jenen Zustand, in dem unser Fragen eins wird mit unserem Gefragtwerden.

Die Schauspieler
sofort, ohne es erst zu versuchen: Aber wie ist das pure stille Fragenhaben, Fragendsein und Gefragtsein denn zu spielen? Zur Not habe ich schon gespielt, wenn da stand »Er freut sich« – und ich sogar einmal ein »Sie errötet« – einen Löwen habe ich schon gespielt, einen Fluß, den Mann im Mond – und ich die Sphinx, einen Lorbeerstrauch und die Andromeda: doch einen Fragenhaber, dessen Fragen ungerichtet sind, weder an sich noch an dich noch an einen dritten, und dazu noch unbestimmt,

nicht in Worte zu fassen – eine solche Rolle hat es in dreitausend Jahren nicht gegeben. Wie hast du dir das vorgestellt? Spiel es uns vor.

SPIELVERDERBER
tritt zu ihnen, zögert: Ich hatte ein paar Bilder davon: Erst einmal unsere Ankunft hier in einer Stille, von der man sagen könnte: »Das nennt man Stille!« Da hätten wir innegehalten, als an unserem Reiseziel: Im Stand des Fragens. Nichts wäre dann geschehen, als daß ein Schweigen auf das andere gefolgt wäre. Stille geatmet hätte selbst der Stoff unserer Kleider, das Schwarz, das Weiß, bis in die Tiefe der Taschen hinein. An unseren Körpern hätte das Fragelicht geschimmert, ähnlich dem Licht am Eingang eines Lehmhohlwegs. Ich stellte mir dazu jene mykenischen Figuren vor – älter als eure dreitausend Jahre – mit den geradeausblikkenden Köpfen, an denen aber die Himmelfahrtsnasen mit ihren Riesenlöchern auf eine Weise »die Sonne grüßen«, wie es bei den östlichen stillen Dasitzern der Hintern tun soll. Wir hätten den Atem angehalten. Keine Musik. Allein unser Ganz-Frage-Sein hätte sich ausgewirkt als jene Harmonie, in der sogar die scheue Eidechse nicht nur nicht wegflitzt, sondern kommt und zu unseren Füßen sitzenbleibt, höchstens einmal kurz zuckend, wenn ihr eine Ameise über das Auge läuft. Die Frage-

mauer mit ihrem Schimmer hätte den Blick in die Höhe gezogen. Die alten Steineichen hätten wieder gedröhnt, und ein jeder von uns wäre beiseite gegangen und hätte seine Frage gesucht. Oder wir hätten uns dazu hingehockt, jeder zur Erde, in den Kindesabstand. Sich so das Fragen vorzustellen, hätte bedeutet, sich neu eine Lebensform vorzustellen. In der Zeit der Fragestille hätten wir erfahren was? Was wir tun sollen. Und nach dieser kleinen Weile hätten wir noch wortlos ein Glas aufeinander getrunken, und ein jeder wäre wieder seiner Wege gegangen.

DIE SCHAUSPIELER
Eidechse, Nasenlöcher, Lehm: Das sind bloße Stimmungsbilder, Phantasien. Aber wie hast du dir deren Übertragung in eine Szene vorgestellt, mit der wir Schauspieler das Fragen auch anschaulich machen?

SPIELVERDERBER
zögernd: Der Wächter des Orts wäre aufgetreten, ein entschieden Fragloser, der Fragefeind, in der Absicht, uns Eindringlinge von hier zu vertreiben. (*Er gibt dem* EINHEIMISCHEN *einen Wink, worauf dieser in eine Trillerpfeife stößt und peitschenknallend mit seinen gesträubten Haaren auf die anderen losgeht.*) Jedoch die Harmonien unseres

In-Frage-Stehens hätten den Angreifer bezähmt und ihn entwaffnet. (*Die Szene wird angedeutet, der* EINHEIMISCHE *steckt Pfeife und Peitsche weg.*) Unsere Schwäche des Fragenhabens hätte sich in eine Kraft verwandelt, denn der Wächter des Orts hätte uns nun begrüßt als seine langerwarteten Gäste, mit einem märchenhaft blumigen Gruß. Der EINHEIMISCHE, *indem er sich die Haare glattkämmt, wird zum Kellner, der den anderen aus der Hütte Sitze herbeiträgt, winzige, einen Melkschemel, Kindergartenstühle, einen Salinenhocker – worauf sich freilich erst einmal nur die beiden* ALTEN *niederlassen, mit der Bemerkung: »In den Komödien und Tragödien von früher haben wir mehr sitzen dürfen ...«*

MAUERSCHAUER

Ist so ein Auftritt aber nicht bloß ein Trick? Ein altes Spiel? Ungeeignet für unser heutiges Darstellproblem? Warum dann nicht gleich ein noch älteres Spiel? In m e i n e r Phantasie haben wir an dieser Stelle Fragemasken aufgesetzt bekommen, haben buchstäblich geglüht vom Ganz-Frage-Sein, und im Himmel oben hat, als Zeichen des uns vorschwebenden Fragens, eine Wolke gestanden.

SPIELVERDERBER

Warum dann nicht gleich eine Stimme von oben,

oder der reitende Bote des Fragekönigs? – Seltsamer Freund: Auch die Zeit deiner Zaubermärchen ist vorbei. Oder? Schon der Gong tönte falsch. Oder? (*Er blickt sich um und läßt sich nieder, wie dann auch die anderen.*) Keine Fluchtmöglichkeit mehr. Ich muß mich stellen. Sooft ich früher auch sagte: Es ist aus mit mir!, war ich insgeheim doch vom Gegenteil überzeugt. Jetzt aber ... Jetzt zeigt mir der Ort, an dem wir das Abenteuer des Fragens hätten vorspielen sollen, erst seinen wahren Namen: »Enge«. Haben wir uns verfragt? Wie belebt schien mir immer das Gesicht dessen, der eine Idee hatte, noch belebter das Gesicht dessen, der trauerte oder sich freute – am allerbelebtesten aber das Gesicht desjenigen, der endlich einmal die richtige Frage hatte! Und unser Allerlebendigstes also – es hat für sich keine Form? Ist für sich nicht spielbar? Wird aus dem morgendlich heiteren Spiel vom Fragen, wie es mir vorschwebte – mit dem Tau hätten wir uns die Fragebrauen nachgezogen –, am Ende doch wider meinen Willen ein Drama? Gibt es denn keinen dritten Weg? Ist mir nicht öfter schon eine Flucht nur gelungen, weil ich sie erst versuchte in dem Bewußtsein, es sei ohnehin hoffnungslos? Aber ist der Dritte Weg in den Märchen nicht jener des Todes? Sollen die Frageverirrten sich demnach von der Klippe stürzen? Frage-Expedition gescheitert? Fragebewegung ergebnislos abgebrochen?

Wird es von uns, anders als einst von dem heroischen Zug der Cheyenne zurück in ihr Heimland, einmal heißen, wir hätten mit unserer Reise zum Sonoren Land eine der sinnlosesten Wanderungen der Geschichte unternommen? Ist außer uns überhaupt noch jemand auf das Erforschen des Fragens aus? Verschwinden nicht aus der Mitte des Weltgeschehens, der Sprache, auch laut Wissenschaft, mehr und mehr die Frageformen, ja sogar die Hebungen, Dehnungen und Anhauche des Fragens? Hätte es uns nicht warnen müssen, daß auf alles Sonore ein Totenkopf gemalt ist oder ein Mensch, der hintüberfällt? Erinnert ihr euch an den flüchtenden Hasen, der auf den sonoren Ton innehielt und sich abknallen ließ? Haben wir mit unserem Aufbruch ins Sonore Land auch noch den letzten Stoff an Fragen zerstört und geht es uns nun so wie jenen, denen alle um sie herum gestorben sind, so daß sie »niemanden mehr zum Fragen haben«? (*Innehalten. Dann plötzlich lacht er die andern an, ansteckend. Dann:*) Wie konnte ich nur vergessen: Für den fragenden Menschen gibt es nichts Tragisches. (*Pause.*) Ah, welche Kraft kommt nun aus dem, was nicht mehr ist. Welch Trotz. Welch Ruck. Welch Gebiß für meine Sehnsucht. Welch Glaube – an das Sinnlose, die sinnlosen Unternehmungen. Also ist das noch nicht meine letzte Flucht gewesen?

Schweigen. Dann über ihnen – alle heben die Köpfe – ein Flugzeugdröhnen, und unter ihnen eine Untergrundbahn. Sichtliches Vibrieren des Bodens. Stille. Das Fährensignal des Anfangs. Blick aller hin zum EINHEIMISCHEN. *Dieser verschwindet, nach einer Geste des »Zeit genug!«, in der Hütte und tritt auf mit einer Flasche. Die zu dem Wein passenden Gläser zaubert das* ALTE PAAR *aus dem Überseekoffer. Einschenken durch den Einheimischen als den Kellner, der, beim Einander-Zutrinken aller, dabeisteht. Dann, dringlicher, wieder ein Abfahrtston. Zugleich das Anfangslicht.*

DER ALTE
erhebt sich, samt Koffer, winkt sein »Mir nach« und tanzt ab.

DIE ALTE
ihm folgend: Immer Herr der Situation: Im Leeren der Meister des Wartens, im Gedränge der Platzmeister, und gleichwo mein Meister des richtigen Augenblicks. – Bald wieder in meinem Garten, dem dreieckigen an der Eisenbahn: der Dill, die grünen Bohnen, der Salbei, das Basilikum, die Schlange, die immer am selben Platz an der Mauer liegt, nah an der Felsritze …

Der Alte
zurückblickend: Und endlich wieder die runden Augen der Enkel, vor denen sich auch unsere Schrumpf-Augen neu runden werden! *Nach vorn blickend, mit einem Ausruf des Staunens:* Die Fähre heißt EMMAUS!

Die Alte
Wie der Billigwohnblock daheim am Ortsrand, wo einem beim Vorbeigehen die Aasfliegen in den Mund schwirren. – Ob es überhaupt schon heimgeht? *Im Abtanzen hebt sie etwas auf, was der* Alte *vor ihr verloren hat, wobei wiederum sie etwas verliert, das die ihnen folgenden* Schauspieler *aufheben ...*

Spielverderber
den Schauspielern *nachrufend, mit einer Geste auf* Parzival*:* Nehmt ihn mit euch, Schauspieler, und tragt ihn, denn er ist der Leib des Fragens und soll alle Zeit bei euch bleiben, damit ihr Leute von heute vielleicht doch noch einmal das Fragen darstellen lernt. *Die beiden heben* Parzival *an Kniekehlen und Achseln empor und tanzen gemächlich mit ihm, der den Zurückbleibenden noch einmal über die Schulter winkt, ab.*

SCHAUSPIELERIN
sich für einen letzten Augenblick umdrehend, unversehens mit einem Diadem an der Stirn: Viel Zeit, Einheimischer! Viel Zeit, Anton Pawlowitsch! Viel Zeit, Ferdinand!

MAUERSCHAUER
»Viel Zeit«? Ist das ein neumoderner Abschiedsgruß?

SCHAUSPIELERIN
Nein, ein sehr alter Neujahrswunsch. *Sie reibt die Stirn über* PARZIVAL *an der des anderen Trägers:* Bist du mit mir?

SCHAUSPIELER
Und du, bist du für mich? *Die drei tanzen ab. Ein weiteres Signal. Stille.* MAUERSCHAUER *und* SPIELVERDERBER *erheben sich. Der* EINHEIMISCHE *tritt zurück in den Schatten.*

MAUERSCHAUER Eine lange Reise war das.

SPIELVERDERBER
Die Vogelfluglinie war es nicht. Mir ging es damit wie mit dem Berg, der aus der Ferne kinderleicht wirkt und in der Nähe voll von Schründen, Klüften und Überhängen ist, schwierig ein jeder Schritt.

MAUERSCHAUER

Und wieder einmal ist mir ein Abschied mißglückt.

SPIELVERDERBER

Dabei warst doch du es, der vom Abschiednehmen die schönste Zeile geschrieben hat, die je dazu geschrieben wurde. *Pause.* »Zärtlich will geschieden sein ...« *Pause.* Ich möchte weg nach Sibirien. Da sitzt man irgendwo am Jenissej oder Ob und angelt ...

MAUERSCHAUER

Für heute genug geflüchtet, Anton Pawlowitsch.

SPIELVERDERBER

Für heute genug gefragt, Ferdinand.

MAUERSCHAUER

»Er hat ausgefragt« ist bei uns daheim ein Ausdruck für »Er ist kein Kind mehr«, und »Er ist ausgefragt« bedeutet »Er ist gestorben«.

SPIELVERDERBER

Was hast du danach jetzt vor?

MAUERSCHAUER

Du fragst schon wieder. *Pause.* Es zieht mich hinein in den Tumult, in die Hauptstädte. Weg von den

Bäumen. Nicht mehr überall erst Ausschau halten müssen nach dem »Baum des Orts«, damit es überhaupt Ort wird. Weg zu den Steinen, schwarzen und weißen, Kalk und Basalt. Aus dem stillen Hinterland zurück ins laute Vorderland. Wieder Zeitgenosse sein. Die Paare sollen schreien, die echten wie die falschen. Die Puffer sollen aufeinanderstoßen, die Stille zusammenkrachen unter der Preßluft.

SPIELVERDERBER
Ja, in die Stille kommen wir in diesem Jahrhundert, oder überhaupt bis ans Ende der Zeiten, wohl nicht mehr.

MAUERSCHAUER
Recht so. Der Krach erlöst wenigstens von der Tortur des Geredes. Schau, wie schön die Arbeiter im Getöse dort einander zulächeln.

SPIELVERDERBER
Zu meiner Zeit gab es beim Arbeiten andere Geräusche als das Krachrummsknallknirschsirr. Und schau: der Gekreuzigte dort über deinen fröhlichen neuzeitlichen Arbeitern ist gegossen aus Beton und hat ein Gesicht, als sei er am Krach gestorben. Ich brauche die Stille.

MAUERSCHAUER Warum?

SPIELVERDERBER Ich weiß es.

MAUERSCHAUER Ist das eine Antwort?

SPIELVERDERBER Ja.

MAUERSCHAUER Und das sagst du?

SPIELVERDERBER
Das sage ich, den es davor graut, nach der Zeit im Weltreich der Stille und der fragenden Phantasie und des zur Frage geweiteten Traums zurückkehren zu sollen in die fraglose Despotie der Wappen, Fahnen, Nummern- und Namensschilder. Schwindet das Fragen, so schwindet auch mein Schöpfungsgefühl. Unmusikalische Fraglosigkeit! Eine schöne Fraglosigkeit kenne ich nur in der Müdigkeit ... War denn die Zukunft nicht einmal ein Kontinent? Und die Frage der Fragen, jedenfalls zu meiner Zeit: »Was sollen wir tun?« Und warum ist dieser Kontinent heutzutage geschrumpft zu deiner wie meiner Inselfrage: »Was soll ich, ich allein, tun?« Wo ist unsere Gemeinsamkeit mit all den kreuz und quer Gehenden hinverschwunden? Waren wir nicht einmal alle zusammen in dem Zittern drin, auch nur der Papiertischtücher eines verlasse-

nen Wirtshausgartens in der Nacht an einer Stadtausfahrt? »Langsam schwindet vom Dachfirst die Kindheitslegende der aufeinanderfolgenden Schwalbe«? Wer könnte die heutige Zeit noch eine Epoche nennen?

MAUERSCHAUER
Was mich angeht: Ich brauche keine Epoche. Das Blatt fällt ins Wasser, der Wind geht durch das Gras – das genügt mir als Zeit.

SPIELVERDERBER
Unterwegs habe ich kein einziges Tier getötet – kaum seßhaft, werde ich schon wieder mit dem Zerquetschen anfangen. Unterwegs war ich vollkommen beschwerdefrei – kaum zuhause, werden mir schon wieder die Schmerzen durch den Körper ziehen ... Und bei meinem Anblick werden die Mitbürger wieder die Sicherheitsgurte festschnallen ... – Na, wenigstens heißt Taganrog immer noch Taganrog, und die jungen Mädchen zieht es noch immer nach Moskau.

MAUERSCHAUER
schaut durchs Theaterglas: Und die Mädchen in Ottakring kauen immer noch Kaugummi. Und die Schrebergärten von Hernals grenzen immer noch an den Friedhof. Und der Stoß im Himmel heißt

immer noch Stoß im Himmel. Und da: immer noch die Klavierfabrik Ehrbar. Und immer noch verstopfen die Fahrzeuge der Firma SELBSTABHOLUNG die Straßen. Und Hinterbrühl liest noch immer die Hinterwaldzeitung. *Beiseite:* Die Ortsnamen mit »Hinter –« sind sicher nicht von den Bewohnern so getauft worden... Neu dazugekommen: das Schnellbräunungscenter, die Schmerzklinik und das Bashō-Institut für Reintegrative Lernsysteme. Na, wenigstens gibt es noch meine Gernkollergasse und meine Erdbruststraße, meine Denngasse und meine Undstraße. Und da: Memphis – wenn auch nicht Tennessee, und schon gar nicht Ägypten. Und dort, in dem Bus mit der Aufschrift »Schaffnerlos«, stehst du!

SPIELVERDERBER Und was tue ich?

MAUERSCHAUER
Als der Bus anfährt, torkelst du nach hinten. – Und dort, wir alle: eine Mutter schlägt ihr Kind.

SPIELVERDERBER
Und das sagst du! Etwas Schönes bitte, nur eins.

MAUERSCHAUER
Dort, ein Schneckenhaus, das auf ebener Erde dahinrollt, angestupst von einer Wespe.

Spielverderber
Weil die Wespe ein Aasfresser ist.

Mauerschauer
Aber dort, wieder du: Ein flüchtendes Kind.

Spielverderber
Wahrscheinlich einer dieser Läufer, eine dieser unappetitlichen, trampelnden Laufbestien.

Mauerschauer
Nein, ganz sicher ein Kind, denn es sucht sein Versteck in einer Mauer. Wer anders als ein Kind glaubt sich verstecken zu können in einer Mauer?

Spielverderber
Siehst du auch meine an meinen jeweiligen Ausweichstellen gezeugten Kinder irgendwo?

Mauerschauer
Dort am Geländer über der Schlucht. Sie halten sich gut am Rand des Abgrunds, mit kleinen Rucksäcken. Das eine spricht spanisch, das andere russisch. Nicht wecken! Lassen.

Spielverderber
Was aber bleibt mein tiefstes Bild? Das eines jäm-

merlich Flüchtenden. You can run but you cannot hide. Und wen sehe ich als diesen hoffnungslos Flüchtenden? (*Schweigen.*) Wie ist das Wegstück, das vor mir liegt?

MAUERSCHAUER Friedlich.

SPIELVERDERBER
Schade. Ich hätte es gern durchflüchtet. Das Unterwegssein, die Ortlosigkeit – wie hat mich das immer wieder in Frage gestellt – zum Glück.

MAUERSCHAUER
läßt sich plötzlich auf die Knie fallen und legt sich bäuchlings auf die Bretter, äugt da durch: Das war schon als Kind mein liebster Ausguck: durch die Astlöcher der Balustrade hinunter auf die Erde.

SPIELVERDERBER Was siehst du jetzt?

MAUERSCHAUER
Sienabraun, Yang-Tse-Kiang-Gelb, das Rot des Monument Valley. *Stille. Dann geben sich beide den Ruck zum Gehen, ein jeder in eine verschiedene Richtung.*

MAUERSCHAUER
jäh umkehrend: Wart, alternder, nicht mehr umzuschulender Flüchtling. Ich gebe dir noch etwas Geleitschutz. *Im Moment, da er den anderen erreicht:* Seltsam – gerade war ich ganz du! *Zieht dann im gemeinsamen Abgehen sein Buch hervor, schlägt es auf:* Ich kann wieder lesen! Kein Dritter mehr, der mit mir mitliest. Endlich wieder im Bild. Endlich wieder im beständigen Leben der Schrift. *Liest:* »Ich verbrachte zwei Nächte in Tōsais Haus, und dann sagte ich, ich müsse gehen,denn ich wollte den Herbstmond im Hafen Tsuruga sehen ...« – *Blickt auf in die Ferne:* Wie viele Abschiede überall, wie viel Abschiedsschmerz! Nur die Nonnen in dem beleuchteten Abteil schwatzen vor sich hin ohne Kummer, fahren von niemandem weg, glauben sich schon vereint mit ihrem Herrn im Himmel. Garnicht gut so, garnicht gottschön!

SPIELVERDERBER
mit einem Blick hinab auf seine Schuhsohlen und sein Gewand: Maulbeerflecken, Teer, Fischgräte, Strohhalm, Kaugummi, Vogelflaum, Wegsand, Bachglimmer: Ich glaube, diese Schuhe wird der Flüchtling behalten. – Und an die Fabriksnummer der unbekannten Schneiderin wird er für diesen Anzug einen Dankbrief schicken. *Spuckt zurück auf die Lichtung:* Verdammtes Dodona! *Beiseite:*

Bei uns Flüchtlingen gilt das Verfluchen eines Ortes beim Abschied als Dank. *Die Arme emporwerfend, beim Anblick der Ferne:* Die Steppe! Die Steppe!

MAUERSCHAUER UND SPIELVERDERBER
gemeinsam: Laß uns eine Zeitlang noch ohne Ziel gehen! – *Beide tanzen ab. Pause.*

DER EINHEIMISCHE
tritt aus dem Schatten. Dann Nachtlicht, unterbrochen immer wieder von einem Leuchtturmstrahl, der im Kreis schwenkt. Der Einheimische berührt den Gong, ohne ihn zum Tönen zu bringen; das Rad, ohne es zu drehen; trinkt die nicht leergetrunkenen Gläser leer. Dann Blick im Kreis auf die leeren Hocker: Alle werden gut heimkommen. Aber ist der allein Zurückgebliebene auch gut allein zurückgeblieben? – Keine Fragen mehr. Ich beiße jeder Frage den Kopf ab. *Knallt mit der Peitsche, die ihm darauf aus der Hand fällt.* Sie werden heimkommen in Erwartung derer, die in der Zwischenzeit nach ihnen gefragt hätten, doch es wird niemand nach ihnen gefragt haben. Nur die Heimkehrvergifter werden ihnen die bösen Zettel an die Türen geheftet haben. Und wenn einer nach ihnen gefragt haben wird, dann nicht der Richtige. Aber schon der erstbeste wird ihnen sa-

gen, wie sie sich auf ihrer Reise verändert hätten, worauf sie auf der Stelle wieder ganz die Alten sein werden. Wie heißt es: Der Abwesende hat immer unrecht, zurückzukehren? Bereitet euch auf eine neue Fremde vor. »Hätt' ich einen Hammer ...« Keine Fragen mehr. Das Fragen ist unter meiner Würde. Schaut mich an: Ich wohne in meiner Heimat und frage niemanden, und niemand fragt nach mir. Dazu das Motto von uns Samurai des Nicht-Fragens, ausgegeben von unserem ersten Shogun vor einhundertfünfzig Jahren: »Die ungeheuerlichste Kultur, die sich der Mensch geben kann, ist die Überzeugung, daß die andern nicht nach ihm fragen.« – Wo bleibt nur heute das Schrillen der Zikaden? Ach, ich vergaß: Nacht. Winter. Nichts als die toten Hülsen der Schnarrer unter den Kiefern. »Ich hämmerte am Morgen ...« Wo bin ich? Wo bin ich hinverschlagen? *Strafft sich:* Keine Fragen. Fragen verboten. Wir haben alles selber herauszufinden. Und jetzt im Finstern ist die Zeit dafür – denn, so unser zweiter Feldherr: »Alles Fragwürdige wird am besten des Nachts herausgefunden.« *Geht im Kreis:* Einbiegen in die Dunkelheit: Licht blendet, Finsternis stellt her. *Recht den Boden um die Quelle:* Unsere Art Fragen war immer das Arbeiten. Nur so konnte ich ganz Frage werden. Je tiefer ich mich einließ auf meine Sache, um so mehr Werkstücke standen mir gegenüber als Fragen, und um so mehr staunte ich. Einmal, mitten in solch einer Arbeit, kam ich an eine Stelle, wo der, der sonst höchstens fragen läßt – der Herr Fragenlasser –, mit mir mitfragte und selber ganz Frage wurde. Wie staunten wir zwei miteinander! Was für eine Freude! Ach, heim zur Arbeit! *Rechen zurück in die Hütte:* Aber jetzt ist Feierabend. »Ich hämmerte am Abend ...« Kommt denn keiner von denen zurück, weil er mich braucht? Mich brauchen? *Setzt sich auf die Quellfassung:* Für eine kurze Zeit noch bin ich in der Obhut der Abwesenden. Noch spüre ich sie um mich herumstehen. Ich bin nicht allein, noch nicht. *Springt auf:* Niemand, niemand. Käme doch wenigstens ein Feind daher. Selbst der Leibhaftige wäre mir jetzt recht als Gegenüber. *Rüttelt an einem Baum:* Früher fiel mir noch manchmal ein Apfel vom Baum, die Augen des Holzes der Hütte schauten mich an – aber all das genügt mir nicht mehr als Ansprache. Aber auch ihr anderen habt eure Liebe nicht gefunden. Wo seid ihr, meine Leute? Wo gehöre ich hin? Bin ich denn der einzige meiner Art? Einziger unerwünschter Einheimischer? Gerade noch Verbinder der Fußballmannschaft im Lehrlingsheim, gerade noch Kassierer des Sparvereins vom »Gasthof Heimathaus«, gerade noch ein ganzes Volk hier in den Schultergelenken – und jetzt unwiderruflich allein? *Fußtritte ins Leere:* Schluß mit der Heimat, denn, so unser dritter Anführer: »Du wirst sie nie erfragen, wenn dir nicht ein Traum von ihr genügt.« Nur träume ich nie. *Schlägt sich auf Mund und Ohren:* So hör auch auf zu fragen, Idiot. Jetzt das Spiel vom Nicht-Fragen! – Was ist die Heimat des Idioten? – Schon wieder eine Frage, auf die es keine Antwort gibt. Ruhe! Brenn es dir ein: Zu einer Antwort, die man nicht aussprechen kann, kann man auch die Frage nicht stellen. Das Rätsel gibt es nicht. – Ah, eine Eule: flieg nicht weiter, bleib. – Seltsam, daß Tiere, wenn sie allein sind, etwas von Verwitweten oder Verwaisten haben. *Läßt sich nieder an der Säule und lehnt den Kopf dran:* Da ich für heute all meine Fragen losgeworden bin, werde ich nun selig schlafen, traumlos ausgestreckt unter dem Großen Wagen, nah am Quellwasser. Seht euer Vorbild! *Wendet den Kopf zur Säule und liest:* »Wenn Sie den sonoren Alarmton hören ...« *Atmet tief ein:* Fragefrei werden. Fraglos ausharren. Wie die Blätter von den Bäumen fallen, ohne Fragezeichen. Einfach wie die alten Statuen mit der verhüllten Hand das Buch halten und mit der anderen darauf zeigen. Die Lösung des Problems des Fragens erkennst du am Verschwinden dieses Problems. Keine Zwischenräume mehr – also auch keine Fragen mehr. Bäume, wiegt mich mit euch.

Der Schmetterling geht ab in Gestalt eines Mädchens. Der Wahnsinnige tritt auf mit dem Blütenzweig der Jahreszeit im Haar. Die kirschgroßen Regentropfen treffen, ohne ihn aufzuwirbeln, auf den Staub des Feldwegs und die Strohhalme der verlassenen Felder. Helles Bild nähert, dunkles entfernt sich. Wo ist der Hund, der dem armen Lazarus die Schwären des Fragens ableckt? »Ich hämmert' in der Nacht ...« Warum? Warum? Warum? »Die Rose ist ohne warum«? Und du? Und du? Und du?

Er bläst auf seiner Harmonika eine Folge der tiefsten Töne, noch einmal und noch einmal, in Abständen, wobei er zwischendurch horcht. Dann hinter der Szene die gleichen Töne, als Antwort. Er lauscht; bläst weiter; lauscht neuerlich: Sein Spiel wird beantwortet. Das wiederholt sich, nur daß die Antworttöne sich am Ende entfernen.

Peter Handke
Sein Werk im Suhrkamp Verlag

Aber ich lebe nur von den Zwischenräumen. Ein Gespräch, geführt von Herbert Gamper. st 1717

Abschied des Träumers vom Neunten Land. Eine Wirklichkeit, die vergangen ist: Erinnerung an Slowenien. Mit Zeichnungen des Autors. Bütten-Broschur

Die Abwesenheit. Ein Märchen. Leinen und st 1713

Als das Wünschen noch geholfen hat. Fotos von Peter Handke. st 208

Die Angst des Tormanns beim Elfmeter. Erzählung. st 27

Begrüßung des Aufsichtsrats. st 654

Der Chinese des Schmerzes. Leinen und st 1339

Chronik der laufenden Ereignisse. st 3

Drei Versuche. Versuch über die Müdigkeit. Versuch über die Jukebox. Versuch über den geglückten Tag. Faksimile der drei Handschriften. Einmalige, numerierte und vom Autor signierte Auflage in 1000 Exemplaren. Lose Blätter in Kassette

Das Ende des Flanierens. st 679

Falsche Bewegung. st 258

Gedicht an die Dauer. BS 930

Die Geschichte des Bleistifts. st 1149

Das Gewicht der Welt. Ein Journal (November 1975 - März 1977). st 500

Der Hausierer. Roman. Engl. Broschur und st 1959

Die Hornissen. Roman. st 416

Ich bin ein Bewohner des Elfenbeinturms. st 56

Die Innenwelt der Außenwelt der Innenwelt. es 307

Kaspar. es 322

Kindergeschichte. Engl. Broschur und st 1071

Der kurze Brief zum langen Abschied. Engl. Broschur und st 172

Langsam im Schatten. Gesammelte Verzettelungen 1980–1992. Leinen und st 2304

Langsame Heimkehr. Erzählung. Leinen und st 1069

Die Lehre der Sainte-Victoire. Engl. Broschur und st 1070

Die linkshändige Frau. Erzählung. Engl. Broschur und st 560

Nachmittag eines Schriftstellers. Erzählung. st 1668

Peter Handke. Prosa. Gedichte. Theaterstücke. Hörspiel. Aufsätze. Sonderausgabe. Kartoniert

Phantasien der Wiederholung. es 1168

Publikumsbeschimpfung und andere Sprechstücke. es 177

Der Ritt über den Bodensee. es 509

25/1/2.94

Peter Handke
Sein Werk im Suhrkamp Verlag

Das Spiel vom Fragen oder Die Reise zum sonoren Land. Engl. Broschur

Stücke 1. st 43

Die Stunde da wir nichts voneinander wußten. Ein Schauspiel. Engl. Broschur

Die Stunde der wahren Empfindung. Leinen, BS 773 und st 452

Theaterstücke in einem Band. Leinen

Über die Dörfer. Dramatisches Gedicht. Engl. Broschur und st 1072

Über die Dörfer. Dramatisches Gedicht. st 1072

Die Unvernünftigen sterben aus. st 168

Versuch über den geglückten Tag. Ein Wintertagtraum. Leinen und st 2282

Versuch über die Jukebox. Erzählung. Leinen und st 2208

Versuch über die Müdigkeit. Leinen und st 2146

Die Wiederholung. Leinen, BS 1001 und st 1834

Wind und Meer. Vier Hörspiele. es 431

Wunschloses Unglück. Erzählung. BS 834 und st 146

Übersetzungen

Aischylos: Prometheus, Gefesselt. Übertragen von Peter Handke. Broschiert

Emmanuel Bove: Armand. Roman. Aus dem Französischen von Peter Handke. st 2167

Emmanuel Bove: Bécon-les-Bruyères. Eine Vorstadt. Aus dem Französischen von Peter Handke. BS 872

Emmanuel Bove: Meine Freunde. Aus dem Französischen von Peter Handke. BS 744

Patrick Modiano: Eine Jugend. Aus dem Französischen von Peter Handke. BS 995

Walker Percy: Der Idiot des Südens. Roman. Deutsch von Peter Handke. st 1531

Walker Percy: Der Kinogeher. Roman. Deutsch von Peter Handke. BS 903

Francis Ponge: Das Notizbuch vom Kiefernwald und La Mounine. Deutsch von Peter Handke. BS 774

William Shakespeare: Das Wintermärchen. Deutsch von Peter Handke. Gebunden

25/2/2.94

Peter Handke
Sein Werk im Suhrkamp Verlag

Editionen, Vorworte und Nachworte

Nicolas Born: Gedichte. Auswahl und Nachwort von Peter Handke. BS 1042

Franz Michael Felder: Aus meinem Leben. Mit einer Vorbemerkung von Peter Handke und einem Nachwort von Walter Methlagl. st 1353

Ödön von Horváth: Geschichten aus dem Wiener Wald. Volksstück in drei Teilen mit einer Nacherzählung von Peter Handke. BS 247

Zu Peter Handke

Peter Handke. Herausgegeben von Raimund Fellinger. stm. st 2004

25/3/2.94

Deutschsprachige Literatur in den suhrkamp taschenbüchern: Drama

Becker, Jürgen: Die Abwesenden. Drei Hörspiele. st 882
Bernhard, Thomas: Alte Meister. Komödie. st 1553
– Claus Peymann kauft sich eine Hose und geht mit mir essen. Drei Dramolette. st 2222
– Der Italiener. st 1645
– Stücke 1. Ein Fest für Boris. Der Ignorant und der Wahnsinnige. Die Jagdgesellschaft. Die Macht der Gewohnheit. st 1524
– Stücke 2. Der Präsident. Die Berühmten. Minetti. Immanuel Kant. st 1534
– Stücke 3. Vor dem Ruhestand. Der Weltverbesserer. Über allen Gipfeln ist Ruh. Am Ziel. Der Schein trügt. st 1544
– Stücke 4. Der Theatermacher. Ritter, Dene, Voss. Einfach kompliziert. Elisabeth II. st 1554
Braun, Volker: Stücke 1. Die Kipper. Hinze und Kunze. Tinka. st 198
– Stücke 2. Schmitten. Guevara oder Der Sonnenstaat. Großer Frieden. Simplex Deutsch. st 680
Bertolt Brechts Dreigroschenbuch. Texte, Materialien, Dokumente. 2 Bde. Herausgegeben von Siegfried Unseld. st 87
Brecht, Bertolt: Frühe Stücke. Baal. Trommeln in der Nacht. Im Dickicht der Städte. st 201
Broch, Hermann: Dramen. st 538
Dorst, Tankred: Merlin oder Das wüste Land. Mitarbeit Ursula Ehler. st 1076
– Stücke 1. Herausgegeben und mit einem Nachwort von Gerhard Mensching. st 437
– Stücke 2. Herausgegeben von Gerhard Mensching. Mit einem Nachwort von Günther Rühle. st 438
Eich, Günter: Fünfzehn Hörspiele. st 120
Fleißer, Marieluise: Ingolstädter Stücke. st 403
Frisch, Max: Andorra. Stück in zwölf Bildern. st 277
– Herr Biedermann und die Brandstifter. Rip van Winkle. Zwei Hörspiele. st 599
– Stücke 1. st 70
– Stücke 2. st 81
– Triptychon. Drei szenische Bilder. st 2261
– Zürich-Transit. Skizze eines Films. st 2251
Handke, Peter: Stücke 1. st 43
– Über die Dörfer. Dramatisches Gedicht. st 1072
– Die Unvernünftigen sterben aus. st 168

254/1/7.93

Deutschsprachige Literatur in den suhrkamp taschenbüchern: Drama

Hildesheimer, Wolfgang: Die Hörspiele. Herausgegeben und mit einem Nachwort versehen von Volker Jehle. st 1583
– Die Theaterstücke. Herausgegeben und mit einem Nachwort versehen von Volker Jehle. st 1655

Horváth, Ödön von: Band 1: Zur schönen Aussicht und andere Stücke. st 1051
– Band 2: Sladek. st 1052
– Band 3: Italienische Nacht. st 1053
– Band 4: Geschichten aus dem Wiener Wald. st 1054
– Band 5: Kasimir und Karoline. st 1055
– Band 6: Glaube Liebe Hoffnung. st 1056
– Band 7: Eine Unbekannte aus der Seine und andere Stücke. st 1057
– Band 8: Figaro läßt sich scheiden. st 1058
– Band 9: Don Juan kommt aus dem Krieg. st 1059
– Band 10: Der jüngste Tag und andere Stücke. st 1060
– Band 12: Der ewige Spießer. st 1062

Kraus, Karl: Band 10: Die letzten Tage der Menschheit. Tragödie in fünf Akten mit Vorspiel und Epilog. st 1320
– Band 11: Dramen. Literatur. Traumstück. Wolkenkuckucksheim. Traumtheater. Die Unüberwindlichen. st 1321
– Band 14: Theater der Dichtung. Nestroy. Zeitstrophen. Herausgegeben von Christian Wagenknecht. st 1324
– Band 15: Theater der Dichtung. William Shakespeare. Herausgegeben von Christian Wagenknecht. st 1325
– Band 16: Brot und Lüge. Aufsätze 1919-1924. Herausgegeben von Christian Wagenknecht. st 1326

Kroetz, Franz Xaver: Stücke I. st 1677
– Stücke II. st 1678
– Stücke III. st 1679
– Stücke IV. st 1680

Plenzdorf, Ulrich: Freiheitsberaubung. Ein Stück. st 1737

Reinshagen, Gerlind: Drei Wünsche frei. Fünf Theaterstücke. Mit einem Nachwort von Anke Roeder. st 1817

Sperr, Martin: Bayrische Trilogie. st 28

Walser, Martin: In Goethes Hand. Szenen aus dem 19. Jahrhundert. st 1077
– Die Ohrfeige. st 1457
– Stücke. st 1309

Walser, Robert: Band 14: Komödie. Märchenspiele und szenische Dichtungen. st 1114

254/2/7.93